書下ろし

かばい屋弁之助吟味控

河合莞爾

祥伝社文庫

かばい屋弁之助吟味控　目次

前幕　妖怪・豆腐小僧

人間ではない俺が、江戸に住む人間たちに、豆腐小僧とか大頭小僧とか呼ばれるようになったのは、こんな訳だ。

　年の瀬の骨まで冷える夜だった。夜とはいっても暁七ツ近く、半時も経てば空が白む彼は誰時になろうかという時分だったが、それでもまだ真っ暗な江戸の通りを、俺は網代笠を頭に被り、片手に小さな四角い盆を持って、爪や足指の毛が伸び放題の裸足で、ぺたぺたと歩いていた。

　腹が減ったなあ——。

　俺は歩きながら考えていた。俺は人間たちと違って働かない。人間たちのものを頂戴することで生きている。しかし何かを頂こうとしても、流石にこんな時分では人間は誰も通りを歩いていない。どうしよう——。

　そう考えながら歩いていると、一軒の店の引き戸が開いて、ほのかな行灯の明かりが漏れているのが見えた。豆腐屋だ。夜明け前から起きて豆腐を作っているのだ。こっそり中を覗(のぞ)き込むと、豆腐屋は今日最初の豆腐作りを終え、二度目の豆腐作りを始めようとしているところだった。

竈(かまど)の上の大きな羽釜(はがま)から、もうもうと湯気が立っている。豆を煮る甘い匂いが俺の鼻まで漂ってくる。途端に俺の腹の虫がきゅうと鳴いた。俺はこの豆腐という食い物が大の好物なのだ。その旨(うま)そうな出来たてほやほやの豆腐を見たら、食いたくて食いたくて我慢できなくなった。

「豆腐屋さん、豆腐を一丁おくれよ」

俺は忙しそうに働いている豆腐屋の背中に声をかけた。

豆腐屋は動きを止め、怪訝(けげん)な顔で振り返ると、俺の姿を見るなり恐怖に大きく目を見開き、次に鼻をつまんで顔をしかめ、それからぺたんと尻餅(しりもち)を搗(つ)いて、がたがたと震え始めた。俺の頭が小さな身体(からだ)に比べて有り得ないほど大きく、また俺が鼻につんとくる腥(なまぐさ)い臭(にお)いを放っているからだろう。

「豆腐屋さん、豆腐を一丁おくれよ」

俺がもう一度乞(こ)うと、腰を抜かしていた豆腐屋は、無言で何度もがくがくと頷(うなず)いた。そして這(ほ)う這(ほ)うの体(てい)で、豆腐を沈めてある大盥(おおたらい)まで行くと、冷たい水の中から真っ白い豆腐を一丁、流石に豆腐屋と言うべきか、壊さないように右手ですいとすくい上げ、がたがたと震えながら俺に差し出した。

旨そうな豆腐、それも紅葉豆腐だった。紅葉豆腐とは脇に赤い楓の葉を貼り付けた豆腐で、元は堺の名物だが、最近はこの江戸でも人気だ。

俺は豆腐が潰れないよう、持っていた小さな盆を豆腐屋に差し出した。豆腐屋はその盆の上に、震える手で豆腐を載せた。豆腐の重みがずしりと伝わってきた。

「ありがとう」

俺は大きな頭を下げて豆腐屋に一礼し、両手で豆腐の載った盆を大事に捧げ持ち、豆腐を落とさぬようゆっくりと踵を返して、暗い通りに出ていった。

豆腐を載せた盆を持って、暗い夜道を用心深く歩きながら、俺は考えていた。

これはいい豆腐をもらった。作りたてだから豆の濃厚な甘い香りがする。俺は思わずごくりと生唾を飲み込んだ。

すぐに食べてしまうのは勿体ない。それにいくら人間じゃない俺でも、立ったまま食べるのは行儀が悪いというものだ。さて、どこで食べようか。どこかに腰を下ろせるところはないか——。

あてもなく歩いている途中、俺は仕事を終えた夜鷹蕎麦の担ぎ屋台とすれ違った。その夜鷹蕎麦屋は俺とすれ違った後、ぎょっとした顔で振り返り、急にがちゃがちゃと音を立て、客寄せに付けた風鈴をちりんちりんと鳴らしながら、一目散に走り去った。

そう言えば俺は以前から、親父に口を酸っぱくして言われていた。親父と言っても実の父親ではない。俺には親などいない。俺たちを束ねる親玉のことだ。

親父曰く、俺たちは人間ではないのだから、人間たちとは顔を合わせないよう、隠れて行動しなければならない。話しかけるなど以ての外だ。それにそもそも俺たちは、ただでさえ人間たちに、怪しまれたり怖がられたりしているのだから、下手に話しかけたりすると、恐怖に逆上した人間たちに、何をされるかわからない——。

それ以来俺は、人間たちと出くわさないよう、昼間の明るい時間を避けて、夜中に行動してきた。そして人間には無闇に声をかけないようにしてきた。え？　さっき豆腐屋に声をかけたじゃないかって？　それはまあその、魔が差したというか、豆腐があまりに旨そうだったせいだ。どうか親父には黙っていてほしい。

俺たちは人間たちに悪戯をすることもあるが、気が向けばこっそり人間たちの喜ぶことをすることもある。俺たちは人間たちが寝静まっている時間に行動することが多い。人間たちにはできない、いろんなことができるからだ。

――おや？　誰だろう？

表通りに建っている大店の、勝手口のあたりに来た時、俺は暗闇の中で動いている人影に気が付いた。暗くてよく見えないが、そいつは風呂敷に包んだ丸くて平たいもの、喩えて言えば、一尺ほどの深皿のようなものを両手で抱えている。もしかしてあいつ、小豆洗いかな？

俺はそう考えた。小豆洗いは、水辺でしゃりしゃりと音を立てて小豆を洗い、人間を怖がらせる妖怪だ。あの抱えているものが洗鉢で、あれでいつも小豆を洗っているのではないだろうか？

一瞬だけそう思ったが、俺はすぐに自分の考えを打ち消した。小豆洗いは専ら山中の、水の綺麗な川に出る。この江戸には問屋や商家が物を運ぶ船を通すため、川から水を引いた濠が縦横に走っているが、あくまで濠であって川ではない。小豆洗いだって、塵芥が浮いている濠の水で、食い物を洗おうとは思わないだろう。

よく見ると人影は妖怪ではなく、どうやら人間の男のようだった。男は周囲をきょろきょろと見回した後、勝手口の木戸を開けて中に入っていった。風呂敷で包んだものを両手で抱えていたせいだろう、木戸は開けっ放しにしたままだ。俺は男の行動がどうにも気になって、豆腐の盆を持ったまま、男の後を追って木戸の中に入った。

木戸の中は中庭で、その隅っこには井戸があった。井戸屋形という小さな屋根が組んであり、その下に釣瓶を上げ下げする滑車だけが付いている。

男は丸い風呂敷包みを土の上に置き、風呂敷を解いて中身を取り出した。大きめの深皿のような形をしたそれは、不思議なことに、月の光を受けて全体がぼうと光って見えた。

それを男は持ち上げ、井戸を塞ぐ蓋の上に置いた。そして蓋に差してある棒のようなものの根本に、何か黒いものを置いた。男が何をしているのか見当も付かず、俺は何度も首を捻った。その意味不明な行動は何のためなのか、俺は知りたくて知りたくてうずうずしてきた。

「ねえ、何をしてるんだい？」

俺は我慢できず、とうとう男に声をかけた。

男は強張った表情でゆっくりと振り返った。月明かりに男の顔がはっきりと照らし出された。男は俺を見るなり、両目を皿のように見開き、口をぱくぱくと動かした。

「だ、誰だ？」

月明かりの下で、俺がどれくらいはっきり見えたかはわからない。だが、小柄な俺が笠を被っていて、頭が尋常ではないほど大きくて、真っ白い豆腐の載った盆を持っているのはわかっただろう。もし姿がよく見えなかったとしても、俺が身体から鼻を刺すような臭いを発していることには気が付いた筈だ。

「よ、妖怪――？」

恐怖に震える声で、思わず男が呟いた。

しまった。またやってしまった――。人間に声をかけてはならないという親父の言葉を思い出し、俺は急いで背後にあった石灯籠の陰に、しゃがみ込んで隠れた。

男は慎重な足取りで二、三歩近寄ってきたが、俺の姿が消えたのを確かめると、大きな安堵の息を吐き、それからくすくすと可笑しそうに笑い出した。

「馬鹿馬鹿しい。妖怪や物(もの)の怪(け)の類(たぐい)など、この世にいる筈がない。びくびくしていたせいで、あの石灯籠が妖怪に見えたんだ」

　俺が隠れている石灯籠を見ながら男は呟いた。言われてみれば石灯籠は、大きな笠を被っているし、その下の火袋(ひぶくろ)が大きな頭のように見えるから、俺の姿によく似ていた。

「そうとも。豆腐を持っているように見えたのは、石灯籠のどこかが、月の光で白く光って見えたんだ。鼻につんとくる臭いも、この井戸から立ち昇っている臭いだろう」

　この男の言葉で俺も気が付いたのだが、確かに中庭の中央にある井戸からは、何かが腐ったような異臭が微(かす)かに漂ってきていた。誰かが井戸の中に犬猫か鼠(ねずみ)の死骸(しがい)、あるいは卵の殻でも捨てたのだろうか。

　男は俺への興味を失うと井戸の所へと戻った。そして風呂敷を丸めて懐(ふところ)に仕舞うと身を翻(ひるがえ)し、入ってきた木戸から首を突き出して外の通りの様子を窺(うかが)い、誰もいないことを確認すると、足早に闇の中へと消えていった。

　男がいなくなったので、俺はようやく立ち上がって石灯籠の陰から出た。

そうだ、豆腐――。

俺は思い出して盆の上にある大事な豆腐を見た。豆腐は月明かりを受け、白い肌をつやつやと光らせ、ぷるぷると盆の上で揺れていた。

よかった、無事だった――。

嬉しくなった俺は、口を大きく開けて、長くて赤い舌をずるりと伸ばし、その豆腐をべろりと舐めた。

豆腐屋にもらったできたての豆腐は、ほのかに豆の甘い味がした。

其ノ一　切り放ち

延享二年（一七四五年）の師走三日、江戸――。

深夜、伝馬町牢屋敷の裏門に上がった火は、瞬く間に番小屋に燃え移り、牢へと広がるのも時間の問題と思われた。放っておけば罪人たちは、皆が焼死する恐れもあった。

牢屋奉行・石出帯刀吉信は、百年近く前に江戸を焼き尽くした、かの大火事「明暦の大火」における、時の牢屋奉行・石出帯刀吉深の故事に倣い、収牢された罪人たちの切り放ち、即ち一時解放を決意した。

火事と喧嘩は江戸の華。伝馬町牢屋敷もその例に漏れず、明暦の大火を含めて都合十六度も火事に見舞われている。

「よいか。これから其の方どもを切り放つが、火が収まり次第、下谷の善慶寺に戻れ。戻れば死罪の者も含め、必ずやその義理に報いよう。だが、戻らねば脱牢と見做し、罪はさらに重くなろうぞ。わかったな？　さあ行け！」

切り放たれた罪人たちは、牢屋奉行の慈悲に深く感謝しつつ、蜘蛛（くも）の子を散らすように江戸の街に消えた。

牢屋敷の火事は必死の消火により、牢の半分ほどを焼いたところで鎮（しず）まった。

切り放たれた罪人たちも、火事が収まると自ら善慶寺に戻ってきた。

だが一人だけ、戻ってこない者がいた。火付（ひつけ）殺人の罪でお縄になり、吟味（ぎんみ）を待って牢に入れられていた男だった。

「何と莫迦（ばか）なことをしたものか」

牢屋奉行・石出帯刀吉信は深々と嘆息した。

「素直に戻れば罪一等を減じられ、火罪（かざい）が遠島（えんとう）になったやも知れぬ。だが逃げたとなれば、再び捕縛（ほばく）されたが最後、極刑は必定（ひつじょう）――」

其ノ二　呼子(よびこ)の音

ぴぃー、ぴぃーという甲高い音が、漆黒(しっこく)の江戸の夜空に響いている。鳶(とんび)の啼(な)き声のようにも聞こえるが、深夜だから鳥ではない。竹で作った呼子笛(よびこぶえ)の音だ。

その音に弁之助(べんのすけ)は、文机(ふづくえ)の上の書物から顔を上げ、ふうと小さく息を吐いた。

優男(やさおとこ)という形容がぴったりの、色白の整った顔に細身の身体。月代(さかやき)を綺麗(きれい)に剃(そ)り上げ、髷(まげ)は端正(たんせい)な小銀杏(こいちょう)。典型的な町人の格好だが、商人とも職人とも違う不思議な雰囲気。それに妙に姿勢がいい。

呼子の音はそう大きいものではない。しかし弁之助が読んでいたのは、中国は明(みん)代の法典『明律(みんりつ)』の写本。漢文で書かれた法律の条文を、木版(もくはん)で印刷して四(よ)つ目綴(めと)じにしたものだ。丸行灯(まるあんどん)のほの暗(ぐら)い明かりの中、真剣に字を目で追っていたが、呼子の音で集中がふっと途切れてしまった。

諦めて本を閉じた途端、弁之助は急に寒さを感じ、ぶるっと身体を震わせた。

紺の鰹縞(かつおじま)の小袖には綿(わた)を入れ、さらに鶯色(うぐいすいろ)に黒の棒縞(ぼうじま)が入った褞袍(どてら)を羽織っているが、それでも寒さはしんしんと骨まで染み込んでくる。今は師走五日の深夜。少し前に聞こえた夜番の拍子木によると、時刻はおそらく真夜九ツ、既に日付は明けて師走六日になっているかもしれない。

弁之助の住まいは、神田湯島横丁の長屋・徳右衛門店。通りから木戸を入ってすぐ左側の家だ。店賃の安さが取り柄のおんぼろ長屋で、板壁にもあちこちにずれが生じていて、そこから時折ひゅうと隙間風が吹き込んでくる。昨今は薪炭も高価いので、炬燵も長火鉢も持っていない。あるのは炭団を使う小さな手焙だけだ。

夜中に呼子ということは捕物だろう。町奉行所の定町廻り同心や小者、御用聞きたちが、何者かを追っているのだ。

正月が近くなると、借金や掛け売り金の返済に追われる者が増える。その中には、どうにも首が回らなくなって、とうとう人様の金に手を出してしまう者もいる。追われているのはそんな憐れな人だろうか。こんな寒い夜中に、大勢に追われて逃げ回るというのは、どれほど恐ろしい心持ちなのだろうか。

そう考えていると、呼子笛の音は徐々に小さくなり、やがて聞こえなくなった。追われる者が捕まったのか、逃げおおせたのかはわからない。

「さて。目も疲れたし、そろそろ寝るとしますか」

弁之助は立ち上がると、寝る場所を空(あ)けるため、本を載せた文机を持ち上げて部屋の隅に運び、畳(たたみ)の上に下ろした。

その時だった。


ほとほと、と誰かが戸を叩いたような気がした。

弁之助は振り返って戸を眺めた。まさかこんな真夜中に、誰かが訪ねてくるとは思えない。風で戸が揺れて鳴ったのだろうか。

弁之助が考えていると、また同じ音が聞こえた。拳(こぶし)でそっと叩くような、遠慮がちな小さな音、それが規則正しく二回。間違いない。何者かが外から戸を叩いているのだ。

まさか押し込み強盗か？　しかし、それならば無言で押し入ってくる筈で、わざわざ来訪を告げたりはするまい。それに戸の叩き方に乱暴さは感じられない。

そう言えば――。弁之助は長屋の木戸の閂(かんぬき)が壊れていたことを思い出した。他の住人たちとは、こんな貧乏長屋に入ってくる物好きな泥棒もいないだろうから、年末の仕事納めの後にでも直そうかと話していたところだった。

弁之助は狭い土間に降り、戸に顔を寄せ、小声で誰何（すいか）した。

「どなたです？」

返事はない。弁之助は探るようにまた声をかけた。

「もう夜更けです。お月さんも、そろそろ寝ようかという時間ですよ？」

見るからに町人の風体（ふうてい）なのに、弁之助は妙に堅苦しい喋（しゃべ）り方をする。

「は、はい。夜分に申し訳ございません」

今度は、か細（ぼそ）い男の声が返ってきた。周囲をはばかるような小さな声、長屋の住人ではないし、知り合いでもない。戸を叩く音と同じく、遠慮がちで丁寧な物言い。

しかしまだ安心はできない。弁之助はさらに言葉を続けた。

「もう寝るところなんです。すみませんが、明日にしてくれませんか？」

すると外の声が、切迫した口調で早口に言った。

「お助け下さい、お願いでございます。どうかお助けを、後生（ごしょう）でございます」

助けてくれ、だって――？

どうするべきか弁之助は迷ったが、その思い詰めたような声が気になり、心張（しんば）り棒を外して右手に握り締めると、少しだけ引き戸を開けた。

月明かりの中、みすぼらしい姿の若い男が腰を屈めて立っていた。

髭と月代は伸び放題、草履どころか足袋すら履かず、足は血塗れ泥だらけ。だが乱れた髷は、商家の奉公人が結うような細い小髷。どうやら物乞でも物取でもなさそうだ。瘦せこけた顔も真面目そうに見える。そして口から白い息を吐き、夜の寒さにぶるぶると震えている。それもその筈、師走だというのに着ているのは薄い鼠色の着物一枚。この粗末な着物に弁之助は見覚えがあった。咎人が牢屋で着せられる粗末な薄い着物、牢着だ。

「あなた。もしかして、さっきの捕物の――」

弁之助が言いかけた時、若い男の膝がかくりと崩れ、ぐらりと弁之助に向かって倒れてきた。弁之助は持っていた心張り棒を放り出し、慌てて男の身体を抱き止めた。

若い男はそのまま、弁之助の腕の中で気を失った。

「やあ、起きましたか？」

男が目を覚ましたのを見て、手焙を火箸で突ついていた弁之助が声をかけた。そして自分ががばり、と若い男は身を起こし、あたりをきょろきょろと見た。そして自分が今まで畳の上で横になり、身体に搔巻を掛けられていたことに気が付いた。

「ここは――?」

男は子供のような顔で茫然としている。まだ夢現なのだろう。その人の良さそうな顔を見ても、やはり危険な人物ではない。そう弁之助は考えた。それに、丸行灯の光で見ると、なかなかの二枚目だ。

「私の家ですよ。隙間だらけですけど、裸足で外にいるよりはましでしょう?」

弁之助はそう言いながら、にっこりと笑った。

「あなたは私の家の戸口で、突然倒れたんですよ。よほど疲れていたんですね。今、熱いお茶を淹れますから」

弁之助は手焙から炭団を一つ火箸で挟んで取り出すと、部屋の隅の竈に向かった。竈の焚口に炭団を入れ、その上に墨汁を吸わせた蒲の穂綿を載せ、小さい火が燃え上がると、何本かの細い薪を焚べた。

続いて土間の隅にある水甕の蓋を開けると、表面に氷が張っていた。師走に入り夜は冷え込むから、珍しいことではない。水甕が外に置いてあれば、一寸ほどの厚い氷が張ってもおかしくない。弁之助は柄杓の柄で突ついて氷を割ると、水を汲んで鉄の茶釜に入れ、竈の火にかけて湯を沸かし始めた。

湯が沸くと弁之助は茶壺を開け、茶釜に茶葉を入れた。近頃流行り始めた煎茶だ。茶が充分に出たところで、ころ茶碗に注ぎ、丸い盆に載せて、男の所まで運んだ。

「さあ、どうぞ。温まりますよ」

「あ、あの、私は」

何か言おうとする男を制し、弁之助は微笑んだ。

「まあ、お茶でも一服して落ち着いて、話はそれからにしましょう。さあ」

男は深々と頭を下げて、しばらく熱い茶を啜っていたが、ようやく身体も温まった様子で、ふう、と大きく息を吐いた。

弁之助はふと思い付いて立ち上がり、竈の脇の飯櫃から飯碗に冷や飯を盛った。今朝炊いて夜食用に取っておいたものだ。その冷や飯の上に梅干しと沢庵二切れ、それに小沙魚の佃煮を載せ、上から茶釜の中の茶をかけた。それを男の所まで運び、畳に置いた盆に載せた。

「お腹が空いているんじゃありませんか？　こんなものでよければ、おあがりください。お代わりもありますよ」

ほのかな丸行灯の明かりの中、若い男はごくりと喉を鳴らした。

「――ええっと、それで」

若い男があっという間に茶漬け三杯を平らげ、穏やかな顔になった頃合いで、弁之助は若い男に話しかけた。

「あなた、牢脱（ろうぬ）けして逃げてきたんですよね？」

若い男はびくりと身を固くした。図星だったようだ。

「あなたが着ているのは牢着ですよね？　それにさっきまで捕物の呼子笛が聞こえていました。あなたを追っていたんですね？　――ああ、心配には及びません。あなたをいきなりお役人に突き出すつもりはありませんから」

弁之助はにっこりと笑った。

「私は弁之助と言います。しばらく前からこの長屋に住んでいて、このあたりの子供たちに読み書き算盤（そろばん）を教えています」

若い男はなおも無言だった。弁之助は続けた。

「あなた、さっき助けてくれと言いましたよね、それはどういう意味ですか？　これも何かのご縁です。よかったら、事の次第を聞かせて下さいませんか？」

なおも若い男は黙ったままだった。弁之助は辛抱強く、若い男が喋るのを待った。

「私、あの――」

若い男はようやく口を開いた。そして、覚悟を決めたように弁之助に言った。

「私、神田紺屋町の、黒川屋という漆問屋の手代で、忠吉と申します」

そう聞いた途端、弁之助は合点してぽんと膝を叩いた。

「そうでしたか。あなたがあの、大爆ぜの――」

神田紺屋町の漆問屋・黒川屋が、突然大爆発を起こし炎上した大火事は、読売の売る摺物が何摺りにもなるほどの大騒ぎとなり、江戸の誰もが知る事件となっていた。

およそ半月前、霜月二十日の早朝。日本橋石町の鐘が朝五ツ（午前八時）を告げ、長屋の町木戸も開き、湯屋も朝湯の営業を始めようかという頃、黒川屋で突然、大爆発が起きた。

黒川屋の奉公人は、屋根に雷が落ちたと思って、皆我先に店を飛び出した。向かいの商家の者は、どおんという轟音と共に、黒川屋の屋根が大きく爆ぜて吹き飛ぶのを見たという。屋根瓦の破片は周囲二十間（約三十六メートル）にも飛び散ったらしい。

　大爆発と同時に燃え上がった火は、瞬く間に黒川屋を包み込んだ。馬喰町の馬場に立つ火の見櫓の半鐘が打ち鳴らされる中、周囲の商家にも火の粉を飛ばし始めたため、延焼を防ぐべく、両隣二軒と裏の三軒が火消によって解体された。黒川屋はしばらく燃え続けた後、夕七ツ（午後四時）頃にようやく火事は鎮まった。

　焼け焦げた瓦礫の中から、激しく損傷した焼死体が発見された。火事の後、黒川屋の主人・喜兵衛の姿が見えなくなっており、死体が着ていた着物が間違いなく喜兵衛の寝巻だと奉公人が証言したので、この死体が主人の喜兵衛と断定された。

　江戸の商家には二階がない。町人が道を歩く武士を見下ろすのは怪しからぬという理由で、二階を造ることが禁じられているからだ。そのため天井の低い厨子二階（中二階）しか造ることができず、狭いので物置や奉公人の部屋になることが多い。

　だが死んだ喜兵衛は、かねてよりこの厨子二階を自室にし、寝起きしていた。世間で流行っている絵柄や色、意匠を知るため、休憩時にはここから表通りを見下ろし、通行人の身なりや髪型を観察していたという。

また喜兵衛は、商(あきな)いが終わるとその日の取引を全て検算し、深夜になってようやく寝るのが日課で、起床するのは少し遅めの朝五ツ（午前八時から九時）頃だった。

火事が収まった三日後、付火(つけび)の廉(かど)で一人の若者がお縄になった。黒川屋の手代だった、忠吉という男だ。

当日、忠吉は休みをもらっており、奉公人の中で一人だけ店にいなかった。また火事の三日前、忠吉が主人の喜兵衛から酷(ひど)く叱られるのを他の奉公人たちが目撃していた。このため、主人に叱責(しっせき)されたのを恨(うら)みに思い、主人を殺(あや)める準備のために店を休み、厨子二階に外から大量の焰硝(えんしょう)（火薬）を仕掛け、火を放ったと判じられたのだ。

忠吉は刑が決まるまで伝馬町牢屋敷に収監された。ところが一昨日の夜、今度はその牢屋敷が火事になった。牢屋奉行・石出帯刀吉信は牢人たちの生命を案じ、火事が収まったら戻ることを条件に、牢人たちの切り放ちを実行した。しかし忠吉は集合場所である下谷の善慶寺に戻らず、そのまま行方をくらましてしまった——。

「しかし忠吉さん、逃げたのは拙かったですね」

弁之助は難しい顔で腕組みした。

「火付の咎人は火罪。つまり市中引き廻しの上、磔柱に縛り付けて火焙と決まっているのですが、切り放ち後に素直に戻れば減罪の望みもありました。でも逃げたとなれば、逆にお咎めが重くなる。捕まったが最後、磔刑や鋸挽も免れません」

　磔刑とは、市中引き廻しの上、柱に縛り付けて鑓で突き殺す刑。鋸挽とは市中引き廻しの上、二日間土中から頭のみ出して埋めて晒した後、磔刑に処せられる刑。昔は本当に竹鋸で首を挽いて殺したというが、太平の世の今は、鋸は脇に置いておくだけだ。仕置は一罰百戒と言って、他の者への見せしめとする目的が大きい。

「私、やってないんです」

　忠吉が必死の形相で言った。

「火付なんて、私は断じてやっちゃいないんです。しかも大恩ある旦那様を殺めてしまうなんて、そんな恐ろしいこと。あの日お休みを頂いたのは、お父っつぁんの命日で、墓参りのために川越の実家に帰ってたんです。それに、旦那様に叱られたのは全て私のせいで、恨みになんか思っていません。旦那様はまるで実のお父っつぁんのように厳しくて、優しい方だったんです」

いきなり役人に捕らえられた忠吉は、必死に無実を訴えた。だが、そのせいで逆に責問に遭い、さらには拷問を受けることとなった。笞打には耐えたが、石抱による牢問では両脚が潰れるほどの痛みに耐え切れず、とうとうやってもいない火付の罪を認めてしまったという。

「そもそも私は、一体どうしてあんな大爆ぜが起きたのか、とんと見当が付きません。火事が起きないようにと、お店じゃお正月には必ず猿曳も呼んでおりましたのに」

猿曳、即ち猿廻は正月の縁起のいい門付だが、火災除けという意味もある。

「そうですか――」

弁之助は息を吐き、小さく何度も頷いた。

確かに黒川屋の火事は、実に不可解な火事だった。どおんという轟音とともに屋根が吹き飛ぶ火事など、今までに聞いたことがない。

一体どうして、あのような大爆ぜが起こったのか――。

その朝、起床したばかりの弁之助も、この腹に響く爆発音を聞いていた。黒川屋は同じ神田の紺屋町。徳右衛門店のある湯島横丁からは歩いて四半刻もかからない。

最初、弁之助は雷が落ちたのだと思った。朝の雷は大雨になることが多いから、弁之助は戸を開けて、外の冷気が入ってくるのも構わず空を見上げた。しかし、明け方の空は曇るどころか綺麗に晴れ、東の空が赤く朝焼けしていた。つまり落雷の音ではなかったのだ。

次に弁之助は、失火による焔硝の爆発ではないかと推測した。打ち上げ花火を扱う花火師、例えば有名な鍵屋などが火を出してしまい、所蔵している大量の焔硝に引火したのでは――。

打ち上げ花火は十数年前、享保の時代に登場した、筒から焔硝の玉を真上に打ち上げて、夜空に菊の花や尾花のような模様を描く花火だ。それまでの花火は、鼠花火や狼煙花火のような玩具花火か、太い筒の先から火の粉が吹き出す手筒花火や大筒花火のような、吹き出し花火だけだった。

――しかし。爆発が起きたのは黒川屋とわかった。花火師でもなく、幕府に鉄砲用の焔硝を納める薬種問屋でもない。漆を江戸の武具馬具や漆器の工房に卸す漆問屋だ。それに、焔硝を売買するには幕府の認可が必要だ。漆問屋が認可されるとも思えない。

だとすれば、納得できる説明は二つしかない。黒川屋が何かの目的で。密かに大量の焔硝を隠し持っていて、誤ってそれに引火させてしまった。もしくは、黒川屋の主人・喜兵衛に悪意を持つ何者かが、大量の焔硝を厨子二階に仕掛け、火を放った——。

弁之助がそんなことを考えていると、やがて火付の犯人が見つかったという話が流れてきた。お縄になったのは黒川屋の手代・忠吉。主人に叱責されたのを恨みに思い、主人を殺そうと見世に火を放ったというのだ。

「お役人は、お店の大爆ぜはあなたの仕業だと言うんですね?」

弁之助が聞くと、忠吉は悔しそうに頷いた。

「はい。どこから大量の焔硝を入手したのかと、何度もお役人に聞かれました。その度に私は、やっていないのでわかる筈がありませんと答えました。するとお役人は途中から、いいから自分が火を放ったと白状しろとしか言わなくなって、酷い責めが始まって、このままじゃ殺されると怖くなって、ついに心ならずも認めてしまったんです」

何ということだ――。弁之助は暗澹たる気分に襲われた。

この日本という国で、今行われている悪事検は、犯人探しなどではない。誰でもいいから犯人に仕立て上げるのが目的だ。怪しいと誰かに目星を付けたら、碌に真偽を確かめることもせず引っ張っていき、お前の仕業だろうと自白を要求、罪を認めない者には酷い拷問を行い、自白さえさせればそれで咎人確定、悪事検は終わりとなる。

もし忠吉が罪を認めなければ、どうなっただろうか。拷問は石抱からさらに、身体を前に折り曲げ後ろ手に縛り上げる海老責へと進み、それでも吐かねば、場所を拷問蔵へ移し、後ろ手に長時間吊り下げる釣責へと進んだだろう。そうなれば、無実でも罪を認めて死刑になるか、拷問の責め苦の中で死ぬか、この二択しかない。つまり役人に犯行を疑われたが最後、どちらにせよ死ぬのだ。

「ところで忠さん。この二日はどこに隠れていたんですか？　それにどうして私の家の戸を叩いたんです？」

弁之助が思い出したように聞くと、忠吉はこう答えた。

「煙の立ち込める牢を出された時、これも神様のお助けに違いない、戻って死罪になるくらいならこのまま逃げようと覚悟を決め、おっ母さんのいる川越に向かいました。でも、板橋宿の平尾追分まで来たあたりで、私が帰ったらおっ母さんに迷惑がかかると思い直し、かと言って他に知った土地もなく、また江戸に戻ることにしたんです」

どうやらこの二日、忠吉は徹夜で歩き通しだったようだ。

「帰りは中山道を避けて小さな道を選んで、夜も寝ないで歩き続けて、暗くなってからようやく江戸に着きました。そして着物一枚で夜道をあてもなく歩いていたら、体の芯まで凍えてしまって、腹が減って眩暈がしてきて。そうしたら後ろで、いたぞ、という叫び声と呼子の音がして、もう怖くて、怖くて」

弁之助は頷いた。さっき聞こえた捕物の呼子だ。

「必死に走って逃げて、気が付いたら神田明神様の前にいました。ふと脇を見ると半開きの木戸があって、神様にここに入れと言われたような気がして、誘われるように中に入ったんです。そうしたら一軒だけ、煙出しから明かりの漏れている家があって、なぜか私を待っていてくれたんだと思えて、それでつい、戸を叩いてしまいました」

長屋の木戸が壊れていたせいで、忠吉はこの長屋に入ってきた。そして、真夜中に本を読んでいて、明かりの漏れている弁之助の家の戸を叩いたのだ。

「弁之助さん、お願いです。これも何かのご縁だと思って、どうかお助け下さいませんか。他に頼る人が誰もいないんです。後生です。お頼み申します。この通りです」

忠吉は両手を突き、畳に額(ひたい)を擦(こす)り付けた。

「実家には身体の弱いおっ母さんがいるんです。もうお父っつぁんも死んで、私以外に頼る者はいないんです。手代になって、給金も増えて、ああやっと親孝行ができる、滋養のある物も食べさせられる、破れていない着物も買ってあげられる、そう思った矢先だったんです。もし私が死罪になったら、おっ母さんは、うう——」

その痛切な表情は、到底(とうてい)嘘をついているようには見えなかった。

啜(すす)り泣く忠吉を見ながら、弁之助は考えていた。

今、私の家に忠吉がいるのは、いくつもの偶然が重なった結果だ。牢屋敷が火事になった。牢人が切り放ちになった。この長屋の木戸が壊れていた。私の家が、木戸からすぐの場所にあった。私が夜更けまで書物を読んでいて、煙出しから明かりが漏れていた――。これらの全てが重なって、忠吉が私の家の戸を叩くことになったのだ。

そして何という奇遇だろう、この広い江戸で、よりによってこの私の家を、ゆえなき罪を着せられ、殺されそうになっている男が訪ねてくるとは。まるで忠吉が、私が何者であるかを知っていたかのようではないか。

――いや。弁之助は目を閉じ、首を横に振った。

きっと奇遇でも何でもない。この長屋は神田明神様の門前近く、湯島聖堂（ゆしませいどう）の東側にある。忠吉が私の家に来たのは、神田明神様のお導きなのだ。奉祀（ほうし）されている平将門（たいらのまさかど）様は除災厄除（じょさいやくよけ）の神様。神田明神様は、この忠吉を冤罪（えんざい）という大変な災難から救い出すために、この私の家へ呼び寄せられたのだ。

そして神田明神様が、冤罪に苦しむ者を私の家に呼ばれた理由は、この私を救うためでもあるのではないか？　弁之助よ、お前はすっかり忘れたふりをしているが、この男を救うことこそが、お前がこの世に生まれた理由であり、使命であろうと――。

弁之助は瞑目（めいもく）したまま、じっと考え続けた。

よし、と思い切った様子で目を開き、弁之助は忠吉に向かって口を開いた。

「私があなたを庇（かば）いましょう。あなたの濡（ぬ）れ衣（ぎぬ）を晴らします」

「ほ、本当ですか！」

顔を輝かせる忠吉に、弁之助は頷いた。

「忠さんが火付の犯人（ぼんにん）でなければ、他にやった者がいる訳です。そいつは今頃この江戸のどこかで息を潜めて、忠さんが死罪になって一件落着する時を、じっと待っているに違いありません。そいつを何とか探し出して、お天道様（てんとうさま）の下に引きずり出して、お白洲（しらす）で裁きを受けさせようじゃありませんか」

忠吉は再び頭を下げ、畳に額を擦り付けた。

「ありがとう存じます、弁之助さん。地獄で仏とはこのことです。ありがとう存じます」

「いや、どうか手を上げて下さい。まだ何もしてないんですから」

慌てて弁之助は両手を振った。

「それに、忠さんがこうなったのには、私にも責任の一端がありますので」

弁之助が呟くと、忠吉は不思議そうな顔になった。

「はい？」

「いえ、何でもありません」

弁之助は言葉を濁して続けた。

「忠さんの身の振り方は、明日考えましょう。今日のところはゆっくり休んで下さい」

「何から何まで、本当に申し訳ありません」

恐縮する忠吉に、弁之助はふと首を捻った。

「しかし、火事で牢に入れられたあなたが、火事で牢から逃げられたというのも、妙な巡り合わせですね。どうやら火難（かなん）の相が出てるようです。——あ、いや、すみません。今のはただの与太話（よたばなし）です」

「はい。私も何の因果なのだろうと、妙な心持ちで」

話しながら横になると、よほど疲れていたのだろう、忠吉はすぐにすうすうと寝息を立てて寝てしまった。

その寝息を聞きながら、弁之助は小声で呟いた。

「やはり私は、逃げるべきではなかったのだ」

この弁之助、喋り口調でもわかるように、生まれついての町人ではない。

今を去ること二十五年前の享保五年（一七二〇年）、九州熊本藩の細川家第四代藩主・細川宣紀の庶子として生まれた。母親の絹もまた初代熊本藩主・加藤清正の血筋である。幼名は笹丸と名付けられ、熊本藩家臣である貴田家の養子となり、元服後の諱即ち本名を貴田公勝、仮名を四郎という。

幼くして学問を志し、十三歳で長崎に渡ると、阿蘭陀の文物に触れて興味を持ち、十六歳で江戸に出て蘭学者の青木昆陽と野呂元丈に学んだ。二十歳で博識を見込まれて江戸町奉行所の臨時雇いに抜擢され、時の将軍・徳川吉宗の命で裁判執務規則である『公事方御定書』の編纂に参加した。

公事方御定書とは、吉宗の「享保の改革」の一つとして編纂が開始されたもので、主として庶民を対象とするわが国で最初の法典である。刑に関する規定を中心とし、上下二巻、上巻は八十一通の御定を収めた御定集、下巻は先例・取極などが収められている。

公事方御定書ができるまでは、罪人の刑罰には基準がなく、それまでの慣習・判例に倣って刑を執行するか、「次からはこの決まりを守ること」「今後はこの行為を禁じる」といった御触書を後決めで出していた。吉宗は、このままでは複雑化する悪事に対応できなくなると考え、一七二〇年（享保五年）、罪人に与える刑の基準を作ることを命じたのだ。

公事方御定書が一応の完成を見た三年前、即ち寛保(かんぽう)二年（一七四二年）、貴田公勝はその功績によって、先代の北町奉行・石河土佐守政朝(いしことさのかみまさとも)から詮議所(せんぎしょ)の吟味方(ぎんみかた)与力に取り立てられた。与力職は実態として代々世襲であるため、奉行の差配により、跡継ぎのいなかった吟味方与力の養子という形を取ったのである。

吟味方与力は、金の諍(いさか)いである出入筋(でいりすじ)、盗みや殺人を扱う吟味筋を問わず、詮議の進行を担当、罪人の取り調べも行う重職だ。八丁堀(はっちょうぼり)に広い組屋敷が役宅として貸与され、弁之助もしばらくそこに住んでいた。

だが、公事方御定書が出された後も、詮議の決め手はいつになっても自白であった。死罪に相当する罪人が自白しない場合、拷問を用いることも許されていたのだ。その結果、拷問の苦痛から逃れたい一心で、犯してもいない罪を認めてしまい、無実であるのに捕縛・処刑される者が後を断たなかった。

このような詮議と吟味がまかり通る状況に嫌気が差した公勝は、半年ほど前、ついに養父に養子縁組の解消を願い出て、一身上の都合と述べて吟味方与力を辞した。そして、さらに刀を捨てて町人となり、自ら弁之助と名乗ったのであった。

この状況を、私はまず何とかすべきだった——。弁之助は唇を嚙(か)んだ。

今にして弁之助は己の責任を痛感し、そして後悔していた。法を整備するだけでは不十分だったのだ。無実の者が冤(ぬれぎぬ)を着せられた時、裁く側はどう対処すべきなのか。救済する仕組みがないことについて、もっと真剣に議論し、そのための新たな法の構築を進言するべきだったのだ。

それなのに私は、現状に愛想を尽かした挙げ句、諦めて職を辞し、刀を捨て、町人になった。つまり、法の現場から逃げてしまったのだ。

逃げるべきではなかった。自白させるための拷問がまかり通る詮議と吟味を、そのまま放置しておくべきではなかったのだ。

この世には、罪人を「庇(かば)う者」が必要なのだ。

そう弁之助は痛感した。この庇う者は、法に明るい者でなければならない。無実なのに罪人にされた人を救えるだけの、法に関する知識を持っていなければならない。

そしてこの世には、誰かが身に覚えのない罪を着せられた時や、罪を超える罰を科せられそうになった時、誰もが庇う者の力を借り、時には裁きに異論を唱え、時には徹底的に戦うことができる、そんな仕組みが必要なのだ。

ならば――。

法の現場から逃げ出した私が、無実の罪を着せられた者を庇い、冤罪から救うのも、私が受け入れるべき運命であり、使命なのではないか？

弁之助は寝ている忠吉の横に正座して腕組みし、いつまでも思案し続けた。

其ノ三　江戸っ子ともっこす

「おうっ先生、お早うさん！　今日も寒いなあ！」

弁之助が長屋の一軒の戸を叩くと、男が房楊枝で歯を磨きながら顔を出した。

弁之助はこのあたりの子供たちに読み書きを教えているため、長屋では先生と呼ばれている。

「どうしたい、朝っぱらから辛気臭え顔して。ひょっとして昨夜財布でも落っことしたのか？　悪りいけど、お足なら俺もねえぜ？」

開口一番、江戸っ子言葉でいきなりからかわれ、弁之助は苦笑した。

「棟梁、お早うございます。実は昨晩、ちょっといろいろあって寝不足でして。その件でご相談したいことがあって参りました」

すると男は、いかにも人のよさそうな顔でにっこりと笑った。

「相談？　嬉しいねえ！　いつもいろいろ相談に乗ってくれてる先生が、あべこべに俺っちに相談があるなんてよ。お足以外のことなら、何でも言ってくんな！」

明けて、師走六日――。

明け六ツの鐘が鳴ると、弁之助は同じ徳右衛門店の奥から二番目にある、八五郎の家を訪ねた。八五郎は大工の棟梁で、同い年の連れ合い・春と一緒に住んでいる。春は行商の納豆屋を追いかけて、表通りへ出ていったらしい。

「それではお言葉に甘えてお伺いしますが、確かこの長屋の一番奥、つまり棟梁のお隣のお家は、今、空き家ですよね？」

「ああ。隣は角っこなんで日当たりがよくねえ。だから越してきた奴ぁ、長屋の他の家が空くとそっちへ移っちまう。だからいつも空き家なんだ」

「その空き家に、私の知り合いの若者を住まわせたいんです。家主の徳右衛門さんには私から話しておきますので、どうぞ棟梁、お隣の誼で仲良くして下さいませんか」

弁之助は忠吉を、とりあえず同じ長屋の空き家を借りて住まわせようと考えた。その空き家の隣は、八五郎夫婦の住まいだ。典型的な江戸っ子で、気さくでお節介な夫婦だ。新入りが来れば必ず声をかけてきて、根掘り葉掘り素性を聞くだろう。となれば、先に紹介しておいた方(ほう)が安心だ。

　すると八五郎はあきれたように言った。

「おいおい先生、お隣同士で仲良くすんのは当たり前(めえ)じゃねえか。大家と店子(たなこ)が親子同然なら店子同士は兄弟(きょうでえ)みてえなもんだ、とことん面倒見てやるよ」

「ありがとうございます。じゃあ忠さん、棟梁にご挨拶を」

　弁之助が背後に立っていた忠吉を促して前に出させると、八五郎が目を丸くした。

「おい、おめえ、黒川屋の忠吉じゃねえか！」

　そう言うと八五郎は前に出て、両手で忠吉の肩を掴(つか)んで揺さぶった。

「一体全体(いってえぜんてえ)どこに隠れてたんだよ！　牢屋敷の火事のどさくさで逃げちまったって聞いたから、心配(しんぺえ)してたんだぜ？　まさかこんな所で会えるとはなあ！　まあ、とりあえず無事でよかったぜ！」

「は、はい。棟梁、ありがとうございます」

　忠吉も恐縮の体(てい)で、八五郎にぺこぺこと頭を下げた。

「棟梁、忠さんをご存じだったんですか？」

　驚いた弁之助が話を聞くと、八五郎は昨年の夏、当時板葺(いたぶき)屋根だった黒川屋に、屋根瓦を葺く仕事で出入りしていたという。

従来、江戸の町家は茅葺か板葺屋根で、火災が起きると次々と延焼、被害が拡大した。そこで享保五年（一七二〇年）、時の町奉行・大岡越前守忠相は、町家の屋根を武家屋敷と同じく瓦葺にすることを奨励した。そのため商家は次々と屋根の葺き替えを行い、黒川屋もそれに倣ったので、八五郎が作業を請け負うことになったのだ。

「その時、この忠吉が毎日休憩の時、わざわざ冷や水を買ってきてくれてよ、毎日大変でしょう、お疲れ様ですと労ってくれてね。なあ。その節は世話になったなあ」

冷や水とは、深い井戸から汲んだ冷たい水に、金魚のような赤白模様の白玉と砂糖を入れた夏の甘味だ。

「いいえそんな、とんでもございません。あの時は暑い中で大変でしたから」

恐縮する忠吉。

「いやいや。冷や水で喉が潤ったのもそうだがよ、黒川屋の旦那は煙草が嫌えみてえでな、店じゃあ煙草を吸うなって言われてたんで、それがちょいと辛かったんだが、お陰で随分と気が紛れたぜ」

　さらに忠吉は小さくなった。

「本当に申し訳ありませんでした。旦那様は煙がお嫌いなのか、奉公人がこっそり中庭で煙草を吸っていると、それはこっぴどく叱られまして」

「その煙嫌いが火事で亡くなっちまうんだから、皮肉なもんだよなあ」

　そう言って深々と溜め息をついた後、八五郎は急に真面目な顔になった。

「おい、忠吉」

　八五郎はじっと忠吉の顔を見ながら言った。

「俺っちゃあ金も持ってねえし、大工の腕も大したことねえが、人を見る目だけは自信があんだ。おめえが火付の咎でお縄になった時も、何かの間違えだと思ったし、牢屋の火事に紛れて逃げたって聞いた時も、無実だからこそ、死罪になるのが我慢ならねえんだろうと思った。だから一遍だけ、おめえの口からちゃんと言ってくれ」

　そして八五郎は、また忠吉の肩に両手を置いた。

「おめえ、本当に火付はやってねえんだな？　俺の目を見て正直に言いな」

　忠吉も、八五郎の顔をまっすぐに見ながら頷く。

「はい。私は火付なんか、本当にやっていません」

「よっしゃ！　判った」

ぱん、と手を叩くと、八五郎はにっこりと破顔した。

「悪党かどうかは目を見りゃわかるってもんだ。おめえの目は嘘をついてる目じゃねえ、だから俺は信じるぜ。着せられた濡れ衣がからっからに乾くまで、とことん面倒見ようじゃねえか。任しときな！」

八五郎は、こそこそしていたら却って怪しい、忠吉は川越から大工修行にきた自分の甥、ということにして皆に話しておくと言う。そして、大工の道具や着物は自分のを一式貸してやる、飯や身の回りの世話は女房のお春がやりたがるだろう、川越のおっ母さんも、時々お春に様子を見にいってもらうから安心しな、と胸を叩いた。

「棟梁、本当にいいんですか？　いくら濡れ衣とは言え、逃げた罪人を匿っていることをお役人に知られたら、どんなお咎めがあるか」

思わず弁之助が聞くと、八五郎は豪快に笑い飛ばした。

「てやんでえ！　こちとら江戸っ子でえ！」

「け、けちてりゃ、いでっきでえ？」

弁之助は、江戸っ子訛りが未だによく聞き取れない。

「そうともよ！　お役人が来ようがお奉行様が来ようが将軍様が来ようが、知ったこっちゃねえってんだ！　こちとらいくら貧乏だろうが、困ってる奴を見て見ぬ振りするほど心は落ちぶれちゃあいねえんだよ。見損なうんじゃねえや！」

江戸っ子の巻き舌に困惑しながらも、弁之助は改めて深々と頭を下げた。

「八五郎さん、心より感謝いたします。ありがとうございます」

「ほうら先生！　それがいけねえってんだよ」

八五郎が口を尖(とが)らせる。

「いつも言ってんだろ？　先生も侍(さむれ)えをやめて町人になったんだから、江戸っ子らしく粋(いき)に喋んなきゃいけねえってさ。いいかい、こういう時ゃあ『すまねえな八(は)っつぁん、ありがとよ』って言うんだ。さあ言ってみな！」

慌てて言い直す弁之助。

「は、はい。――ええと、すまねえな八っつぁん、ありがとよ、です」

「なあに！　蟻(あり)が十(とう)なら蚯蚓(みみず)は二十(はたち)、蛇(へび)は二十五で嫁に行くってなもんだ！」

「みみず？　へび？」

意味不明な返事に弁之助は混乱するが、八五郎は構わず喋り続ける。

「おうっ！　こんな地口(じぐち)ならいくらでもあるぜ？　何か用か九日十日(ここのかとおか)、その手は桑名の焼き蛤、恐れ入谷の鬼子母神、情け有馬の水天宮、嘘を築地の御門跡、当たりき車力のコンコンチキとくらあ！　いいかい先生、これからも江戸っ子の言葉をいっぺえこっぺえ教えてやっから、ちゃんと覚えとくんだぜ！」

「は、はい。頑張ります！」

目を白黒させながら、後で紙に書き留めておこうと必死に覚える弁之助。江戸っ子への道のりは、なかなか険しい――。


「とりあえずは、これで安心だ」

八五郎が忠吉を連れて仕事に出掛けたので、弁之助は自分の家に帰り、茶を淹れるために湯を沸かしながら再び思案する。

忠吉を匿う場所は決まった。しかし、人を匿うには場所だけではなく金もかかる。自分も手跡指南では食べていくのがやっと、八五郎にしても決して裕福ではない。これからかかる金をどうしたものか――。

その時、外から大きな胴間声が聞こえてきた。

「ええ、御免！　徳右衛門店という長屋はこちらか？　おお、左様か。やれやれようやくたどり着き申した。それで御女中、こちらに色白でひょろりとした、いかにも頼りなさそうな若い武士が、三月ほど前より住まってはおらぬか？　え？　侍じゃないけど、三月くらい前から妙な喋り方の若い衆が一人住んでます？　で、その若い衆は今どちらに？」

声が段々と近づいてきたかと思うと、突然がらりと家の戸が開いた。

「おお、若様！　ようやく見つけましたぞ！」

恰幅のいい初老の武士が、引き戸の外で嬉しそうに叫んだ。

「三太夫じゃないか。どうしてここに？」

弁之助が目を丸くすると、三太夫と呼ばれた男が手を振り回して喋り始めた。

「どうしても何も、江戸中の長屋を一軒一軒歩いて探したのでござるよ。いやいや流石に江戸は広いですな。もう、この六日七日は歩きづめでしたので、もう足腰が痛くて痛くて、昨夜も按摩を呼びました後、足三里に灸を据えまして」

「いいから入ってくれ。近所の目がある」

弁之助も外に出て、急いで三太夫を家の土間に押し込むと、ぴしゃりと戸を閉めた。

家に上がり込むなり、三太夫は畳にへたり込んで泣き崩れた。

「若様。あなたは幼き頃よりお生まれで御苦労され、さらに身寄りもない江戸に出られて、ようやく吟味方与力にまで御出世されましたのに、あっという間にお辞めになり、その上あろうことか刀を捨て町人に身を落とされるとは。亡くなられた大殿様も草葉の陰でさぞやお嘆きであろうと、それを思うとこの老いぼれ、無念で無念で、よよよよよ」

「わかったわかった。三太夫、もう泣くな」

弁之助は懸命になだめた。

弁之助を訪ねてきた男は玄臼三太夫、六十八歳。熊本藩細川家の家臣で、弁之助が幼い頃より可愛がってもらった父親代わりとも言える男。現在は熊本藩筆頭家老の筈だ。

「熊本にお戻り下さい」

突然居住まいを正し、三太夫が決然と言った。

「江戸でのお仕事はもうお辞めになったのですから、熊本にお戻りになって、お好きな学問をお好きなだけなされればよいではありませんか。家禄も、お屋敷も、何なら見目麗しき御内室も、爺めが御用意致しますので」

弁之助は申し訳なさそうな顔で答えた。

「三太夫、もう私は侍ではないんだよ。それに江戸の暮らしが気に入った。熊本に戻るつもりはないんだ」

　それを聞き、三太夫は大きく溜め息をついた。

「必ずそう仰(おっしゃ)ると思いました。若様は幼少時よりわさもんにして、大変なもっこすゆえ」

　わさもんとは熊本弁で好奇心旺盛な者、もっこすとは頑固者のことだ。

「そうか」

　弁之助はほっと安心した。

「じゃあわかったなら、諦めて一人で帰ってくれ。道中(どうちゅう)気を付けてな」

　すると三太夫が大きく頷いた。

「やむを得ませぬ。この三太夫めが江戸に残ります」

「え？」

　思わぬ言葉に、また目を丸くする弁之助。

「実は私、既に宗孝(むねたか)様に願い出て、江戸詰家老(えどづめがろう)の職を頂きました」

　宗孝様とは細川宗孝。現在の熊本藩主にして、弁之助の腹違いの兄である。

「江戸詰家老だって？」

　思わず聞き返した弁之助に構わず、三太夫は続けた。

「という訳で、身共もめでたく江戸住まいと相なりますゆえ、以後は頻繁にご様子を窺いに参ります。引き続き、何卒よろしくお願い仕ります。——あ、そうそう」

と懐から袱紗を取り出して広げると、中に入っていたものを両手で差し出す三太夫。

「若様、どうかこれをお収め下さいますよう」

「これって、これは切餅ではないか」

弁之助は驚いた。切餅とは包銀の俗称。一分銀百枚、二十五両を白い重ね紙で包んだもので、白くて四角いためこう呼ばれる。

「こんな大金は受け取れない。返す」

弁之助が押し戻そうとすると、三太夫は首をぶんぶんと横に振った。

「いーえ！　もしも若様が江戸で困窮され、蕎麦屋で食い逃げでもなさろうものなら、細川家末代までの恥。これを黙ってお収め頂くことが、若様が町人として江戸に住まわれることを、宗孝様がお許しになるための、唯一つの条件にございます。嫌でもお収め下さい」

「そうか、では仕方ない。気は進まないが頂いておこう」

と渋い顔で受け取って袂に仕舞いつつ、内心で弁之助は大いに喜んでいた。ただでさえ長屋の店賃も滞りがちなところに、新たに忠吉の家賃や生活費も加わり、金の算段をどうしようと途方に暮れていたのだ。

「では若様、もし何か困り事が起きました際には、必ず愛宕下の熊本藩江戸屋敷へお知らせ下さいますよう。然らば御免！」

そう言い残すと、細川家江戸詰家老・玄臼三太夫は、あいたたたと腰を押さえながら、あっという間に去っていった。

「さて、と——」

三太夫の登場は予想外だった。しかも江戸詰家老として江戸屋敷に残るとは驚いた。全く、どっちがもっこすかわかったものではない。

だが、お陰で当座の金の心配はなくなった。弁之助は気を取り直して、黒川屋の大爆ぜについての思案を再開した。

忠吉が火付したのではないとすると、なぜ黒川屋にあのような大爆ぜが起きたのか。その答えは二つに一つ。事故、もしくは何者かによる火付だ。

まず、黒川屋の大爆ぜが事故だったということはあるのだろうか？

――有り得ない。弁之助はきっぱりと首を横に振る。黒川屋は漆問屋で、花火師でも鉄砲屋でもない。爆ぜるものは扱っていないのだ。何か胡乱な目的、例えば江戸幕府に反旗を翻す目的で、鉄砲や大砲などの武器とともに大量の焔硝を隠し持っていた、という可能性も無くはないが、それらの武器が焼け跡から見つかったという話はない。

そうなると残るは一つ。忠吉以外の何者かが、何か爆ぜるものを、こっそり黒川屋の厨子二階に仕掛け、火を放って大爆ぜさせたのだ。

そして何か爆ぜるものとは、普通に考えればやはり焔硝だ。

焔硝と聞いて弁之助が真っ先に思い出すのは、戦国時代に暗躍した甲斐国・武田家の金山衆だ。武田の軍学書『甲陽軍鑑』によると、金山衆とは金鉱採掘の技術者集団で、敵城の下まで横穴を掘り、地下で焔硝を爆ぜさせて破壊、大いに恐れられたという。これを武田は「埋火の計」と呼んでいたらしいが――。

今回の大爆ぜは厨子二階が吹き飛んだのだから、地下を掘っての爆破ではない。とは言え焔硝の扱いには知識がいる。使ったとすれば素人ではあるまい。金山衆同様、焔硝の扱いに長けた者の仕業である筈だ。どう考えても、漆問屋の奉公人である忠吉が犯人である筈がない。

では、その真の犯人は、何のために黒川屋の厨子二階を吹き飛ばしたのか？　それは勿論、厨子二階を寝床にしていた主人の喜兵衛を殺すためだ。喜兵衛に恨みがあったのか。喜兵衛が死ねば得をするのか。あるいは何かを行うのに喜兵衛が邪魔だったのか。

商家の朝は早い。黒川屋の奉公人たちも、既に働き始めていた筈だ。となれば、外部から店に忍び込んで焔硝を仕掛けるのは不可能に近い。一体どうやって、真の犯人は黒川屋の厨子二階に焔硝を仕掛けたのか。隣家から屋根伝いにやってきて、窓から厨子二階に忍び込んだのだろうか。それとも――。

「――わからない」

弁之助はふう、と大きく溜め息をついた。

真の下手人は今もどこかに隠れている。そいつを探し出し、捕まえなければならない。それからもう一度詮議と吟味を行ってもらい、忠吉の無実を証さなければならない。

だが、そのための材料が何もない。できれば黒川屋の奉公人だった者たちに話を聞いてみたいが、店がなくなってしまった現在、どこにいるのかわからない。

「まあ、できることからだ。まずは火事の現場をこの目で見てみよう」

弁之助は一人呟くと、よし、と一言発して立ち上がった。

其ノ四　空飛ぶ振袖（ふりそで）

弁之助が神田紺屋町の馬具屋の角を曲がると、十数人の人だかりが見えた。それぞれ寒そうに袂に手を入れ、あるいは懐手（ふところで）をして、更地になった何もない一角を眺めては、がやがやと話し合っている。

「ここか」

弁之助は合点して頷くと、空き地に歩み寄った。

その空き地は横幅が三軒分、奥行きが二軒分。焼け焦げた柱や割れた屋根瓦など、家の残骸（ざんがい）が散らばっている。空き地の中央、黒い瓦礫が特に多く重なっている所が、黒川屋の建物があった場所だ。その両側二軒と背後三軒、都合周囲の五軒が、延焼して火事が広がっていくのを防ぐため、火消によって取り壊されたのだ。

黒川屋の中庭だったと思われるあたりの隅に、円形の石組みが残っていた。それは掘り抜き井戸の跡だった。深さ十尺ほどまで掘り下げた穴の底に、節（ふし）を抜いた百尺ほどの竹筒を差しながらさらに掘り進み、地下深くから地下水を汲み上げるという井戸だ。

なぜ漆問屋に掘り抜き井戸があったのだろうか――？　弁之助は首を傾げた。ここ神田は日比谷や新橋とは違って埋立地ではないから、塩水しか出ないということはないだろうが、この一帯にはちゃんと上水が通っていて、上水井戸もあちこちにあるというのに。

この頃、江戸の市街には、六つの上水から引かれた上水道網が整備されていた。六上水の名称と完成年、水源の場所は左の通り。

神田上水　天正十八年（一五九〇年）、井の頭池（吉祥寺、湧水）
玉川上水　承応三年（一六五四年）、玉川（多摩川）
本所上水　万治二年（一六五九年）、瓦曾根溜井（越谷、溜池）
青山上水　万治三年（一六六〇年）、玉川上水より分水
三田上水　寛文四年（一六六四年）、玉川上水より分水
千川上水　元禄九年（一六九六年）、玉川上水より分水

このうち後でできた本所、青山、三田、千川の四上水は、享保七年（一七二二年）に廃止される。ゆえに玉川上水をもって、江戸の水道は既に完成していたと言える。

玉川上水は、玉川上流の羽村（はむら）取水口の水を、四谷（よつや）まで水路で引いている。そこから水は地上で分かれて延びる石樋（せきひ）を流れ、さらに地下に埋設された木樋（もくひ）に入る。江戸の地下を血管のように走る木樋の脇に、上水井戸を掘って水を引き、飲料水を汲む。羽村と江戸、高低差わずか九十二米（メートル）を利用した自然落下式。非常に高度な技術だ。

また上水井戸は、底まで木桶（きおけ）を重ねた構造なので、生活排水や雨水、地下水が浸入することはない。清潔な飲料水が汲めるのだ。

江戸に上水網ができたのは、今から百年近く前、「明暦の大火」（明暦三年、一六五七年）の起こる三年前だったんだな――。

弁之助はそうぼんやりと考えた。上水は飲料水の井戸の他に、消火用の井戸も一町に八個の割合で造られたのだが、「明暦の大火」は、それでも消せないほどに猛威（もうい）を振るった火事だったのだ。

それに加え、上水網が完成する五年前、即ち「明暦の大火」の八年前、慶安（けいあん）二年（一六四九年）には「慶安川越地震」と「慶安川崎地震」が起きた。江戸でも七百軒の町家が倒壊する恐ろしい揺れがあったと伝わっている。その後も数十年の間、江戸では何度も大きな余震に襲われたという。

おそらくそれらの地震で、上水網は何度も壊れたことだろう。だから、それに備えるために掘り抜き井戸を掘ったのかもしれない。

そして弁之助が、黒川屋跡を立ち去ろうとした時だった。

「ん？」

弁之助は道端に落ちている黒い欠片に気が付き、しゃがんで拾い上げた。それは焼け焦げた木片だった。吹き飛んだ黒川屋の建材の一部だろうか。そして木片の裏側には、何か真っ黒でべたべたするものが付着していた。

「何だ？　この真っ黒いものは」

弁之助は臭いを嗅いでみた。微かに鼻を突く刺激臭がした。顔をしかめた後、弁之助は木片を懐紙で包み、袂に仕舞った。

その時、弁之助の耳の横を、調子のいい声が通り過ぎた。

こりゃ、延享の今の世に、
再び起きたる振袖火事や、
げに恐ろしきは、女人が執念――

思わず振り返ると、編笠を目深に被り紙束を持った若い男が、小声で喋りながら往来を歩いている。

「さあさあ、黒川屋の火事に隠された、何とも奇妙な因縁話。たったの三文、読んどくれ」

読売だ。または絵双紙売、のちに瓦版売と呼ばれる商売。摺物即ち木版で印刷された挿絵付きの読み物を売り歩いている。時に幕府批判や武家の醜聞を題材にするため、読売は違法とされている。そのため大っぴらに店を出せず、笠で顔を隠しながら往来で手売りしている。

どうやらその読売は、黒川屋の火事に関する絵双紙を売っているようだ。だから焼け跡に来た野次馬に売っているのか。奇妙な因縁話と言っていたが、何が書いてあるんだろう――？　弁之助は気になって、読売に声をかけた。

「すみません、こちらにも一枚下さい」

弁之助が背後から呼び止めると、読売の男が振り返った。編笠の下からのぞいた顔は、眉毛（まゆげ）が太く、目付きは鋭（するど）く、唇（くちびる）は引き締まり、顎（あご）はがっしりと張っている。そのどれもが、意志の強さを弁之助に感じさせた。

読売の男は弁之助を見るなりじっと目を細め、警戒した顔になった。

「あんた、町人の格好してるが、まさか役人じゃねえだろうな？」

弁之助は驚く。侍の身分は捨てたというのに、どうやらこの男、一目で弁之助の出自を見抜いたようだ。

「ご安心を。元は武士でしたが、今はただの手跡指南です」

弁之助は三文払って摺物を買い、その場で見出しに目を通した。

延享の振袖火事哉（かな）
黒川屋の大爆（おおは）ぜが直後　恰（あたか）も女人の立つが如く
空舞いし振袖一枚　此（こ）は如何（いか）なる因果（いんが）なるや

――これは延享の振袖火事か？　黒川屋の大爆発の直後、空に舞い上がった一枚の振袖は、まるで女性が立ったような姿であった。これは一体どんな因縁があるというのだろうか――。

「振袖火事だって？」

弁之助は見出しを見て驚いた。確かにこの男、口上でもそう言っていた気がする。摺物では、この見出しの左側に四色摺り(よんしょくずり)で、真っ赤に炎上する黒川屋の版画が大きく載っている。版画の屋根の上には真っ赤な振袖が一枚、まるで人が立っているかのように直立して、燃え盛る炎の中を飛んでいる。絵の左側には、飛ぶ振袖を見た者たちの言葉が生々しく綴(つづ)られている。

「着物が飛んでいる」「また振袖火事が起きたのか」「何かの祟(たた)りだろうか」――。

黒川屋の屋根に浮かぶ「空飛ぶ振袖」を見た者は、少なからずいたようだ。何しろ江戸の朝は早い。日の出と同時に長屋の木戸が開き、風呂屋や芝居小屋も開く。天秤棒(てんびんぼう)を担いで魚や蜆(しじみ)や納豆、野菜、豆腐などを売る棒手振り(ぼてふり)も出る。勿論、周囲の商家も商いの準備を始めている。

「これは一体どういうことです？」

思わず弁之助が聞くと、読売の男は肩をすくめた。

「読んでの通りさ」

「こんな話、初めて聞きました。本当ですか？」

「おう、本当だとも。黒川屋で大爆ぜが起きた直後、屋根の上を、真っ赤な振袖が飛んでたっていうんだ。読みゃあわかるが、近くの店の前を掃除してた丁稚が気が付いて、指差しながら叫んだもんだから、他の店の奉公人や通っていた物売りなんかが、何人も見ることになった。信じる信じねえは、あんた次第」

振袖は燃える屋根の上で舞った後、すぐに火が付いて燃え尽きたという。

摺物によると、黒川屋の主人・喜兵衛には年頃の一人娘・花がいたが、昨年の秋長月、不慮の死を遂げた。喜兵衛は娘のために正月の振袖を誂えていたが、娘はそれを着ることなく死んだのだ。

今年も年末となり、喜兵衛は娘の部屋に振袖を飾ろうと箪笥から出した。すると胴裏（裏地）に虫食いがあったので、張り替えるよう女中に指示した。

そして火事の日の朝、開店前に主人の言い付けを済ましてしまおうと、女中は早朝から胴裏を外した振袖を中庭の縁側に出し、風を通して陰干しにしていた。すると突然、厨子二階で大爆ぜが起こり、時を同じくして振袖が、屋根の上まで舞い上がったという。

振袖を着ることなく死んだ娘の亡霊が、振袖を着て空を舞ったのだろうか

――？　摺物の最後はそう結んであった。

それで、延享の振袖火事か――。弁之助は合点して頷いた。

振袖火事とは、ほぼ百年前に起きた「明暦の大火」の俗称だ。弁之助もついさっき、焼け跡の井戸を見て「明暦の大火」を思い出したばかりだ。江戸の六割を焼き尽くし、死者は三万人とも十万人とも言われる史上最悪の大火。延享の世の現在も江戸城に天守閣がないのは、この「明暦の大火」で焼失したせいだ。

この大火がなぜ「振袖火事」と呼ばれているのか。それはこのような伝承による。

ある大店（おおだな）の娘が、道端ですれ違っただけの、どこの誰ともわからぬ小姓（こしょう）の美青年に一目惚（ひとめぼ）れした。娘は小姓と同じ柄の振袖を誂（あつら）えてもらい、それを抱いて毎日泣き暮らしていたが、やがて病（やまい）になって死んでしまった。

娘と共に葬られる筈だった振袖を、寺男がこっそりと売り払った。ところが、その振袖を買った娘も病で死んでしまい、振袖は寺に戻ってきた。これが何度か続いたため、寺男は最初の持ち主である娘の祟りと考え、供養のため本妙寺（ほんみょうじ）で振袖を焼くことにした。

読経が流れる中、寺男が護摩の火に振袖を投げ込むと、あろうことか振袖は、燃えながら人が着ているかのような姿でふわりと立ち上がり、空に高々と舞い上がった。そして、あちこちの屋根に火を移して回り、やがてそれは江戸中を焼き尽くす大火となった。これが振袖火事こと「明暦の大火」である――。

弁之助は考えた。振袖が空を飛ぶなどあろう筈もない。歌舞伎や講談のための創作に決まっている。しかし、こんな伝承が生まれた理由もちゃんとあって、それはこの「明暦の大火」自体が、二つの謎を持つ不思議な大火事だからだ。

謎の一。出火の原因が未だにわかっていないこと。最初の出火は一月十八日の未の刻（午後二時頃）、本郷丸山にある本妙寺とされているが、なぜ炊事時でもない時刻に、しかも寺が火を出したのか、全くわからない。

謎の二。本郷に続いて、小石川・麴町という離れた場所でも立て続けに出火していること。二番目の出火は翌一月十九日の巳の刻（午前十時頃）、小石川伝通院表門下にあった与力宿所で、三番目の出火は同日申の刻（午後四時頃）、麴町五丁目の民家だという。なぜ二日の間に、離れた三ヵ所から次々と火が出たのか――。

この二つの謎のせいで、「江戸の再開発のため、幕府が自ら火を放った」という陰謀説まで囁（ささや）かれているのだ。果たして「明暦の大火」の謎には、いかなる真相が隠れているのだろうか――。

　ともあれ今の問題は、黒川屋の火事の謎だ。弁之助は自分にそう言い聞かせた。この読売の男は、黒川屋の大爆ぜの直後、空飛ぶ振袖を見た者が何人もいるという。まるで百年前の「振袖火事」の再現であるかのようにだ。

「しかし、まさか着物が空を飛ぶなんて、そんな嘘みたいなことが」

　つい弁之助が呟くと、読売の男が怒って食ってかかった。

「いいか、俺っちゃァ嘘と坊主の頭はゆったことがねえんだ！　それに俺は手前（てめえ）の足で探して、手前の耳で聞いて、手前の手で書いて、絵を描いて彫って摺った物しか売らねえんだよ。飛脚問屋（ひきゃくどんや）の噂話を聞いてくるだけの、そこらの素人読売とは話の真味（しんみ）が違わあ！　てめえがどこの誰かは知らねえが、見損なうんじゃねえや！」

　その剣幕に押され、弁之助は慌てて謝った。

「すみません、あなたを疑った訳ではないんです。どうぞお許し下さい」

「おう、わかりゃあいいんだ！」

にっこり笑う読売の男を見て、その気風と矜持、それに笑顔を弁之助は気に入った。

「あなた、面白い方ですね。お名前は？」

「辰三。天狗の辰三って呼ばれてる。歳は二十四だ」

空を駆ける天狗のように神出鬼没、という意味だろう。

「では、辰三さん」

「辰っつぁんでいいよ」

「では、辰っつぁん。私は弁之助、神田湯島横丁の徳右衛門店で、子供たちに読み書きを教えています。あなたに頼みがあるんですが、聞いてくれませんか。人助けなんです」

「人助け？　どういうこったい？」

辰三は真顔で聞き返した。

読売は役人に追われる立場だ、役人に告げ口することもあるまい——。そう考えた弁之助は、黒川屋の火付の罪で捕まって逃げた忠吉が、実は無罪だという話をする。無論、自分たちが忠吉を匿っていることは黙っている。

「今度捕まったら、忠吉さんは間違いなく死罪です」

弁之助は辰三に向かって必死に訴えた。

「無実の人がやってもいない罪で死罪になるなんて、そんな理不尽なことがあっていい筈がありません。今頃本当の犯人はどこかで笑っているでしょう。何とかしてそいつを探し出し、忠吉さんの冤（ぬれぎぬ）を晴らさねばならない。辰っつぁん、そう思いませんか？」

話を聞くと、辰三は顔色を変えた。

「そりゃ大変じゃねえか！　役人が無実の奉公人を捕まえて死罪にしようとしてるなんて、とんでもねえ話だ。それに本当なら飛び切りの大根多（おおねた）、絵双紙で売り出したら江戸中がひっくり返るぜ！」

辰三は興奮した。読売ならではの反骨心と功名心が、同時に騒いだようだ。

「それで、俺っちに頼みってのは？」

「黒川屋の、他の奉公人に話を聞きたいのです。探してくれませんか？」

大爆ぜの起こる前、黒川屋の中で何か変事はなかったか、それが知りたい。店が燃え尽きて主人が死んだ以上、奉公人はばらばらで行方もわからない。だがあなたなら、どこに行ったか探し出せるのではないか？　番頭（ばんとう）、手代、女中、丁稚、誰でもいい。一人でもいいから話を聞きたい――。弁之助はそう頼み込んだ。

「そうさなあ。俺っちが話を聞いた女中もそうなんだが、奉公人はみんな、田舎に帰（けえ）っちまったしなあ」

辰三は腕組みしたが、しかし、すぐに大きく頷いた。

「わかった。人の命が懸かってるんじゃあ断れねえ。丸一日だけくんな」

そう言うが早いか、辰三は踵を返すと走り出し、雑踏に紛れて姿を消した。

天狗の辰三か――。弁之助は思わず頬（ほお）を緩（ゆる）めた。

人情に厚く、話が早い。典型的な江戸っ子だ。少しでも疑って悪いことをした。次に会ったら全てを打ち明けて頼ることにしよう。そう弁之助は肚（はら）を決めた。

「ん？」

ふと、何者かの視線を感じて弁之助は立ち止まった。しかし、周囲を見回しても誰もいない。

（気のせいか――）

そう思い直して肩をすくめ、弁之助は家路に就くことにした。

長屋に戻った弁之助は、大工の八五郎と忠吉が仕事から帰るのを待って、忠吉の住まいを訪ね、話を聞いた。

「掘り抜き井戸ですか？　はい、中庭にございました」

黒川屋に奉公を始めた頃、番頭の幸助さんに聞いた話ですが、と忠吉は話し始めた。

死んだ主人の喜兵衛は元は越後の人で、五年前、地元の名産の漆を広めようと、全財産を金に替えて、一人で江戸に出てきた。そして神田紺屋町で空き家となっていた古い商家を購入、奉公人を雇って黒川屋を開業した。

その空き家は、喜兵衛が買う前は染物屋だったという。確かに神田紺屋町は、その名の通り昔から染物屋が多く集まっていた区域だ。

「染物屋ですか。なるほど、それで自前の井戸を掘っていたんですね」

弁之助は合点する。染物屋は大量に水を使う。上水井戸の他にも、自前の井戸が欲しかったのだろう。

「ただ、あの井戸、前の染物屋さんでも使われていなかったようなんです。だって井戸には、最初からぴったりと木の蓋がしてありましたから。たぶん塵芥捨て場にして、卵の殻や魚の骨なんかも捨てていたのでは」

「塵芥捨て場？　どうしてそう思うんです？」

「井戸からいつも、何かが腐ったような臭いがしていましたので」

おそらく井戸を掘ったはいいが、空井戸か濁り水だったので、腹を立てて塵芥捨て場にしたのだろう。自前の井戸を使えなかったのが、染物屋が店を売りに出した理由なのかもしれなかった。

さらに忠吉は言った。

「でも、最近お店の屋根が瓦葺になりまして、あの井戸が役に立ちました」

「塵芥捨て井戸が、ですか？」

弁之助が聞くと、忠吉はこう説明した。

黒川屋は昨年、大工の棟梁・八五郎に依頼して板葺屋根を瓦に葺き替えた。そしてその時、同時に孟宗竹で雨樋をこしらえ、屋根を伝い落ちる雨水が店の周囲に流れ出さないよう、中庭の空井戸に流れるようにしてもらった。これも八五郎が手掛けた造作だ。

「そうですか。水の出ない空井戸だから、逆に水を捨てたのですね」

「ええ。道端や中庭が雨水で水浸しになるからって、番頭の幸助さんが」

だとすると、あの井戸については、特に気にする必要はなかったようだな

——。そう納得したところで、弁之助に小さな疑問が浮かんだ。

「ところで忠さん、ふと思ったのですが」

「何でしょう？」

「黒川屋のご主人だった喜兵衛さん、越後からいらしたのなら、屋号は越後屋になりそうなものですが、なぜ黒川屋にされたんでしょうね？」

「さあ。私は存じませんが、それが何か？」

不思議そうに聞き返す忠吉に、弁之助は慌てて謝った。

「いや、細(こま)かいことが気になる性分(しょうぶん)でして。すみません」

黒川屋の屋号の由来については、他の奉公人を見つけて聞くしかなさそうだ。

店名が大爆ぜと関係がある筈もないのだが、昔から引っ掛かりは全て解消しないと気が済まない質(たち)で、そのせいで幼少時には、三太夫をいつも質問攻めにしてあきれられたものだ。公事方御定書の編纂においては、この細かさが評価されたが——。

「ああそうだ。忠さん、この臭いに嗅ぎ覚えは？」

弁之助は懐から、焼け跡近くで拾った木片を取り出して忠吉に嗅がせた。

「ああ。この臭い、お店の厨子二階に喜兵衛さんを呼びにいった時、いつもうっすらと漂っていた臭いです。普段、お店にいる時は感じないのですが」

やはりこの木片は黒川屋の一部だったのだ。一階の店では臭いを感じず、厨子二階に行くと臭ったということは、厨子二階か、その屋根に使われていた木材だろう。

「この裏側に付いている黒いもの、何だかわかりますか？」

「いえ、わかりません。申し訳ありません」

「そうですか――」

奉公人ならわかるかも、と期待していた弁之助は落胆した。

「忠さん、もう一つだけ。喜兵衛さんには花さんという一人娘がいらっしゃって、去年亡くなったそうですね」

「はい。あの時も大層な騒ぎになりました」

喜兵衛の妻つまり花の母親は、花が子供の頃に流行り病で亡くなっており、母親にそっくりに育った花を、喜兵衛はそれは可愛がっていたという。ところがある日、花の着物を仕舞っている穴蔵、即ち地面を掘り下げた倉庫の中で、花が亡くなっているところが発見されたのだ。

穴蔵から喜兵衛の大きな叫び声がしたので、その時中庭にいた忠吉と奉公人たちは、中庭に面して設けられた明かり取り窓から、穴蔵の中を覗き込んだ。そして、真っ白な顔で倒れている花と、抱きかかえて泣き叫んでいる喜兵衛を見たという。

「どうして亡くなったかは、わかったんですか？」

「はい。お医者様の診立てでは、心の臓の病だろうとのことでした。心の臓は、何かの拍子に突然止まってしまうことがあるのだそうで」

病死か――。ならば娘の死は今回の大爆ぜとは関係あるまい。そう弁之助は判断した。

「なぜ娘さんの話をしたのかと言えば、実はこんな噂がありましてね」

弁之助は辰三から買った摺物を忠吉に見せた。

「お嬢様の振袖が空を飛んでいた、ですって？」

忠吉は眉をひそめた。確かに店の奉公人にとっては、不謹慎な噂と言える。

「百年近く前の振袖火事と違って、お嬢さんは恋煩いで亡くなった訳でもないようですし、振袖が飛んだというのも野次馬の見間違いだとは思いますが、忠吉さん、何か思い当たることはありますか？」

「いいえ、何も。お役に立てず本当に申し訳ありません」

忠吉は恐縮しながら、首を傾げるばかりだった。

其ノ五　焔硝ではない

「春の始の御悦」

弁之助が本に書かれた文章を朗読すると、向かい側に並ぶ子供たちが繰り返した。

「はるの、はじめの、おん、よろこび」

また弁之助が本を読み上げた。

「貴方に向かいて、先ず祝い申し候い畢んぬ」

「きほうにむかいて、まず、いわい、もうし、そうらい、おわんぬ」

にっこりと笑う弁之助。

「みんなよく読めましたね。では次は、今の言葉を紙に書いてみましょう。きっとお正月までには書けるようになりますよ。お父上、お母上を驚かせてあげましょう」

新春のお慶びを、恵方に向かってお祝い申し上げました――。寛永本『庭訓往来』、正月五日の手紙の冒頭部分である。『庭訓往来』とは、南北朝時代から室町時代の初期頃までに成立した、武家や町人の子弟が文字を学習するために編まれた往来物、即ち書簡集の形を採った模範文例集だ。

翌、師走七日——。

弁之助は朝から子供たちに読み書きを教えると、午後からある人に会うために出かけた。ある人とは、黒川屋の火事の消火にあたった火消の頭領だ。

黒川屋のあった神田紺屋町を含む一画を預かるのは、人足七百二十人の町火消、一番組の「よ組」。その頭取は、鎌の絵に◯と平仮名のぬ、「鎌◯ぬ」柄の半纏で名高い長次郎という男だ。「鎌◯ぬ」とは構わぬ、つまり火事で命を落としても構わぬという江戸火消の覚悟を表した図案。その長次郎を、弁之助は訪ねることにしたのだ。

「ありゃあ、本当に妙な火事だったなあ」

長次郎は煙管を片手に、長火鉢の向こうで首を捻った。

商家の失火なら、火元は竈のある台所か、それとも鉄砲風呂と相場が決まっている。もし誰かによる火付なら、塀か門口、裏木戸あたりに火を放つのがほとんどだ。今回の黒川屋のように厨子二階が、しかも屋根ごと爆ぜて吹っ飛ぶ火事など、未だかつて見たことがない。そう長次郎は語った。

「なぜあんな大爆ぜが起きたか、頭領、わかりますか？」

弁之助の問いに、長次郎は諦めたように首を振った。

「わからねえ。だが火盗改(かとうあらため)の連中は、それじゃあ納得しなくてね」

何者かが密かに大量の焔硝を仕掛け、火を放った。そうであろう――？　長次郎は火盗改の役人に、何度もそう誘導されたらしい。

忠吉をお縄にしたのは、やはり火盗改だったか――。

厄介なことになったと、弁之助は内心で嘆息した。

火盗改――。正式名称は盗賊並火付方御改(とうぞくならびにひつけかたおんあらため)、通称・火付盗賊改(ひつけとうぞくあらため)または火盗改。通常の犯罪は、南北町奉行配下の与力・同心が詮議にあたるが、放火や強盗といった凶悪犯罪では火盗改が出動する。先手組(さきてぐみ)という武官の番方(ばんかた)が兼務する習わしだ。

奉行所とは異なり、武官の火盗改は気が荒い。面倒な吟味に持ち込まず、その場で犯人を斬り捨てることもある。当然、冤罪での殺害も多く、一度は幕府に廃止されたほどだが、忠臣蔵(ちゅうしんぐら)で有名な赤穂(あこう)事件を機に、江戸の治安維持のため復活したという経緯(いきさつ)がある。

火盗改頭(がしら)の役宅にも牢はあるのに、なぜ火盗改がお縄にした忠吉が、町奉行所の牢に入れられたのだろうか。おそらく忠吉は、通常火盗改が相手にしている盗賊団のように、仲間がいたり余罪があったりで、長い取り調べが必要な罪人ではないため、手狭な役宅から移されたのだろう。

「じゃあ、爆ぜたのは焔硝ではないんですね？」

弁之助が聞くと、長次郎はうんざりした顔で答えた。

「焔硝の臭いならよく知ってるさ。花火屋が火元の火事も時々あるからな。だけど黒川屋の火事じゃ、焔硝の臭いは全くしなかった。それでも火盗改は、嘘をつけば為にならぬぞって脅(おど)しやがるんだよ。だから俺も仕方なく、ええ、ひょっとしたら仰る通り焔硝かもしれねえですね、って答えたんだ」

火盗改も大爆ぜの原因がわからず、困った挙げ句、無理やり焔硝の爆発で片付けることにしたのだろう。

「――ただ」

長次郎が煙管の煙を吐きながら、何かを言いかける。

「ただ？」

弁之助が先を促す。

「焔硝じゃねえが、何かつんとくる妙な臭いがしたんだ。初めて嗅ぐ臭いだった」

「頭領、それはもしかして、この臭いですか？」

弁之助は拾った木片を取り出し、長次郎に差し出した。

「そう！　この臭いだよ。間違いねえ」

臭いを嗅ぐなり、長次郎は大きく頷いた。

やはりこれは黒川屋の残骸だった。しかし、付着しているものの正体はわからない。

「妙だな」

火消の長次郎が呟いた。

「え？　どうしたんです？」

「ここ一、二年、神田界隈で時々小火騒ぎがあるんだが、その時も、こんな臭いがしたような気がするんだよ」

「この黒いものの臭いが、他の小火でもしたんですか？」

「うむ。いやしかし、多分気のせいだろうさ。すまねえ、忘れてくんな」

長次郎は苦笑しながらそう言った。

「実は頭領。もう一つ、不思議な話を聞いたんですが」

弁之助は天狗の辰三から買った摺物を長次郎に見せてみる。燃える黒川屋の屋根の上を死んだ娘の振袖が飛んでいたという、あの絵双紙だ。

「あの火事の時に、こんなことがあったのかい？」

長次郎は目を丸くした。

「そうなんです。見ておられないということは、どうやら頭領が着いた時には、もう振袖は燃え尽きていたようですね」

そして弁之助は長次郎に、自分の考えを言ってみた。

「頭領。火事の時って、地面から空に向かって風が吹きますよね？　その風に乗って、振袖が空を飛んだってことはあるでしょうか？」

火事に限らず焚き火でもそうだが、火が盛んに燃えると上に向かって風が吹き、火の粉や灰を巻き上げる。

娘の振袖は、虫食いのあった胴裏を外した、絹一枚の状態だったという。普通の振袖に比べて、うんと軽かったに違いない。だから、火事の上に吹く風で舞い上がったのではないか――。これが弁之助が考えた「空飛ぶ振袖」の種明かしだった。

だが――。

「そりゃあ、無理だな」

長次郎は即座に否定した。

「確かに火事の時は上に吹く風が起きて、煙と一緒に火の粉が上に舞い上がる。だが、いくら軽いと言っても、着物みてえなでっけえものを空に吹き上げるほど、強い風じゃねえんだよ。飛ばせるとしたら、せいぜい紙っ切れや木の葉くれえだな。火消二十年の俺が言うんだ、間違いねえ」

確かにもっともだ――。長次郎の言葉には弁之助も納得するしかない。長次郎に礼を言い、弁之助は立ち上がった。

帰り道、弁之助は考え続けた。

振袖が飛んだのは、火事で上に向かって吹く風のせいではなかった。しかし読売の辰三は、振袖が空を飛んでいるのを何人もが見たと言っている。

やはり明暦の「振袖火事」と同じく、死んだ娘の執念なのだろうか？

死んだ娘の亡霊が、生前着られなかった振袖を着て、空を舞った――？

――馬鹿な。弁之助は首を横に振った。

そんなことがある訳がない。踊るように燃える大きな炎か、火に赤く照らされた煙の形が、たまたま赤い振袖に見えたのだろう。

しかし、そう思いながらも、喉に小骨が刺さったかのような違和感が、弁之助から消えることはなかった。

其ノ六　小屋者

「ええと、下り酒を飛切燗で下さい。伊丹の剣菱がある？　じゃあそれを頂きます。後は豆腐の田楽に煮蛸と、あと吸い物は何がありますか？　鮟鱇汁の味噌仕立て、いいですねえ。それも下さい。とりあえずそんなところでお願いします」

師走七日の夕方、火消「よ組」の頭領・長次郎を訪ねた帰り――。

弁之助は途中で神田鎌倉河岸へ寄り、人気の煮売（料理）酒屋・豊川屋に来ていた。ここは鎌倉から来た材木商が軒を並べる濠沿いにある、「居酒屋」人気の走りとなった煮売酒屋だ。酒も料理も旨いという評判は聞いていたが、実際に訪れたのは初めてだ。しばらくは、三太夫にもらった金で懐が温かい。

畳の小上がりで胡座をかくと、店の者が大きな盆を持ってきて前に置く。そこに銚釐に入った燗酒と猪口が来て、さらに次々と頼んだ煮売が盆の上に並べられる。それを箸で突っついては、熱々の燗酒をぐびりと呑る。

「うん、旨い！」

盆の上に並んだ煮売を口に運びながら、弁之助はにっこりと笑った。

「豆腐の田楽は山椒味噌が効いているし、煮蛸は柔らかくて、まとわりついた煮こごりの甘辛さがたまらない。熱々の鮟鱇汁も三つ葉と柚子の香りが爽やかで、滋味深い出汁が身体に染み渡るようです。これは御酒が進みますねえ」

豊川屋の料理はどれも噂に違わぬ旨さで、弁之助は大いに喜んだ。

――しかし、困った。手酌で一人酒を飲みながら、弁之助は溜め息をついた。

まだ忠吉の冤罪を晴らすことを引き受けて二日目とはいえ、手掛かりはほとんど見つからない。いや、それどころか謎は増えるばかりだった。

まず、真の犯人は「何」を使って大爆ぜを起こしたのか？　火消の長次郎は、焔硝の臭いはしなかったという。では一体何が爆ぜたというのか？

次に、拾った木片に付着していた「黒いもの」は何か？　黒川屋の残骸に[illegible]していた、黒くてべたべたした臭いものは、一体何なのか？

それに、死んだ黒川屋の娘・花の「振袖」は、本当に[illegible]のか？　飛んだとすれば一体いかなる仕組みで飛んだのか？　それとも皆の見間違いなのか？

美人にそう言われたら弁之助も男、断れる筈がない。

「はい、じゃあお願いします。何でもいいです、好きな唄を演(や)って下さい」

弁之助は袂から適当に小銭を出し、これくらいで失礼にならないだろうかと思いながら、女の手に握らせた。それを受け取った流しの女は、嬉しそうににっこりと笑って袂に仕舞い、べん、と一拍弾いてから、美しい声を張った。

惚(ほ)れて通(かよ)えば　千里も一里
逢(あ)えずに帰れば　また千里

「へえ――」

弁之助は、節回しの上手(うま)さと唄の文句の面白さに喜んだ。小唄(こうた)に似ているがさらに短い。和歌や狂歌とも違う、初めて聴く調子の唄だ。

「いいですねえ。もう一節お願いします」

また弁之助は小銭を出した。

「じゃあ、これは季節外れの唄ですけれど」

べん、と女太夫が弦を弾いた。

恋し恋しと　鳴く蟬よりも
鳴かぬ蛍が　身を焦がす

弁之助は、またもや自分の膝を叩いて感心した。

「うん、これもいいですねえ。冬に蛍というのがまた面白い。他にもありますか？」

「いろいろありますけれど、何かお題はありますか？」

「そうですね。じゃあ」

弁之助は猪口を持ち上げた。

「御酒、で一節唄って下さい」

「わかりました。この酒を、と頭に置きまして」

女太夫は一つ頷くと、艶やかな声を上げた。

この酒を
止めちゃ嫌だよ　酔わせておくれ

まさか素面じゃ　言いにくい

「うーん、どれもいい唄でした。酒より唄に酔ってしまいました」

弁之助が手を叩いて称賛すると、女太夫は婉然と微笑んで頭を下げた。

「ところで女太夫さん。あなたの唄は初めて聴きましたが、小唄でも端唄でもありませんね、何て唄です？　調子は七七七五、いや三四・四三・三四・五か。それで時には、頭にさらに五文字が付くこともある」

「さて、何て唄でしょうねえ」

自分でも不思議そうに首を捻る女太夫。

「普段から、ふと浮かんだ文句を書き溜めといて、適当な節を当てて唄うんです」

全て自作の文句に、即興の節なのか――。弁之助はさらに感心した。三四・四三の調子が心地よく、酔った身体に染み込んでくる。しかも唄の文句の背後には隠された物語が想起され、その物語を最後の五文字でひっくり返して、綺麗に落として終わる。

この七七七五、または五七七七五の唄は、のちに江戸で大流行することになる。初代・都々逸坊扇歌が寄席芸として、都々逸と呼ばれるようになるのだ。

「お客さん、変な人」

女太夫がくすりと笑った。

「いろんなお客さんと話すけど、三だの四だの七だの、数の話をされたのは初めて」

「そ、そうですか？」

「ええ。男の人が女と話す時は、もうちょっと違うことを言うもんですよ」

「どうかご容赦下さい。気の利いたことが言えないもので」

頭を掻く弁之助。

「まるで学問所の先生と喋ってるみたい」

さらにからかってくる女太夫に「当たらずと雖も遠からずです」と弁之助は言って、名前を名乗るとともに、簡単な自己紹介をした。

「じゃあ、やっぱり先生だ。弁之助先生、以後お見知り置きを」

女太夫がにっこりと笑った。

その笑顔を見て、弁之助はふと思い付いた。この女太夫、こうやっていくつもの居酒屋を回り、客と話をしているのだろう。ならば黒川屋の火事について、酔客たちから弁之助の知らない話を聞いているかもしれない。

早速弁之助が聞いてみると、女太夫は急に小声になった。

「黒川屋さんの火事って言えば、捕まった咎人が逃げたんですって？　怖いこと」

「ええ。そのようですね」

弁之助はとぼけた。

「それで、火事の話でしたわね。火事、火事――」

女はしばし思案すると、そうそう、と言って身を乗り出した。

「これ、ほんとにただの噂話なんですけど」

「構いません、どうぞ」

「黒川屋さんが燃えた朝、まだ暗い時分に、あのあたりに妖怪が出たっていうんです」

「よ、妖怪が？」

思わず弁之助は目を丸くした。

明け方に近い夜。神田於玉ヶ池（おたまがいけ）近くにある豆腐屋に、網代笠を被り、頭が異常に大きく、嫌な臭いのする妖怪が出て、「豆腐をくれ」とねだった。豆腐屋が恐れて紅葉豆腐一丁を差し出すと、嬉しそうに小さな盆に載せて帰っていった。

同じ頃、そのあたりを歩いていた夜鷹蕎麦の屋台が、やはり笠を被り、紅葉豆腐を盆に載せた、頭の大きな臭いものとすれ違った。これがその妖怪に違いない――。

そんな噂話を、何人かの客がしていたという。

弁之助は思わず首を捻った。

「頭の大きな、豆腐の好きな妖怪ですか。さしずめ名前は大頭小僧、いや、豆腐小僧でしょうか」

「すみませんね先生。こんな益体もない話で」

恐縮する女太夫に、弁之助はあわてて首を振った。

「いえいえ、とんでもない。でも、不思議な話ですね」

すると、女太夫が首を傾げながら呟いた。

「もしかするとその妖怪、何かを教えようとしたのかも」

「豆腐の妖怪が、一体何を教えようとしたんです？」

「さあ？　何でしょうね？」

弁之助と女太夫は揃って首を捻り、顔を見合わせて笑った。

話としては面白いが、何かの見間違いに決まっている。残念だが、黒川屋の火事について役に立つ話ではなかったな――。そう弁之助は諦める。

「いろいろありがとうございました。ええと――」

礼を言おうとして弁之助は、まだ女太夫の名前を聞いていないことに気が付いた。

「凜（りん）です。このあたりじゃ四弦のお凜とか、玉章（たまずさ）のお凜とか呼ばれてます」

「なるほど、玉章ですか。それは言い得て妙です」

弁之助は大きく頷く。玉章とは烏瓜（からすうり）の花のことだ。夜の間だけ、雪の結晶のような白くて繊細な花を咲かせ、朝になれば閉じてしまう。夜の間だけ現れる、艶（あで）やかで色白で美しいお凜に、まさにぴったりの喩（たと）えだ。

「そいじゃ先生、また」

お凜は軽く頭を下げて微笑んだ。

「ええ。またお会いしたら、また違う唄を聞かせて下さい」

そう返す弁之助にもう一度にっこりと笑い、玉章のお凜は店を出ていった。

「全く、あんたも野暮（やぼ）だねえ」

玉章のお凜がいなくなると、隣にいた客の男が苦笑しながら弁之助に話しかけてきた。

「え？　何がですか？」

するとと男はこう言った。

「あの女太夫、自分の気に入った相手にゃ転ぶそうだよ。あんた気に入られたみてえだから、買ってやりゃあ良かったのにさ」

「転ぶ？　買う？」

弁之助が聞き返すと、男は焦れったそうに続けた。

「だから、金で寝るってことだよ。枕代は百文だって話だぜ。まあ、小銭で唄を聞かせてるだけじゃ食えねえからね」

ようやく弁之助にもわかった。転ぶ、即ち春を鬻ぐ、有り体に言えば身体を売るということだ。

「いや、私はそんなつもりじゃ」

必死に否定する弁之助を、男はにやにやしながら肘で突ついた。

「買ってやんなよ。小屋者にゃあ上納金があって、稼がなきゃなんねえんだからさ」

あのお凜も小屋者で、下町(したまち)の東善六(あずまぜんろく)という頭(かしら)が仕切っている小屋から来ており、そこに金を納める必要があるのだ、そう男は説明した。

「こや、もの――？」

弁之助はその言葉に胸を衝(つ)かれた。

そうか、小屋者なのか。あの女(ひと)は。あの美しく才のあるお凜さんが、小屋者と呼ばれて蔑(さげす)まれ、虐(しいた)げられているのか――。

弁之助は頭から冷水を浴びせられたように、さあっと酔いが醒めていくのがわかった。

小屋者とは、世の最下層に属し、賤民(せんみん)と蔑(さげす)まれる人たちのことだ。具体的には、家や仕事を持たず、他人の施(ほどこ)しによって生活する者を言う。こういう人々は一つ所に集められ、小屋に住まわせられたので、小屋者と呼ばれる。住まいと某(なにがし)かの職を与えるという意味もあるのだろうが、問題は、このような賤民と呼ばれる人々には、昔から根強い差別が存在することだ。

小屋者などの賤民は、武士とも町人とも異なる「制度」と「戸籍」の下(もと)にいる。つまり同じ江戸に暮らしていながら、異なる社会に住んでいるのだ。正確には、武士、寺社、医者、平人、それに小屋者などの賤民が、それぞれ異なる社会制度に従って生活しているのだ。

江戸の小屋者は四、五人の小屋者頭の管理下に置かれ、この小屋者頭が上納金を集める。小屋者は江戸に数ヵ所ある小屋に住み、移動の自由はなく、小屋者用の人別帳で管理される。

お凜がいるという下町の小屋は、東善六という小屋者頭が仕切っている。これは役名であって人名ではない。

弁之助にしても、蔑まれ差別される人々がいることは知っていた。だが武士だった頃の弁之助は、日々屋敷に籠っての学問三昧で、そういう人々との接点がほとんどなかった。町人になって、今更ながら初めてその存在に向き合ったのだ。

——だが。弁之助は怒りとともに自問した。

同じ人であるのに、なぜ一部の人々が差別され、蔑まれ、虐げられなければならないのか？

室町時代の東山文化を担ったのは、山水河原者と呼ばれた賤民・同朋衆だった。時の将軍・足利義政の命で、侘び寂びを基調とした文化を創造したのだ。茶道、香道、立花（華道）、唐物（中国美術）、水墨画、連歌、作庭、猿楽能、碁など、日本の芸術・芸能の大部分は、全て同朋衆が始めたとも言える。

同朋衆は、一遍上人が興した時宗の教団に、芸能に優れた者が集まったのが起源だ。猿楽能の観阿弥・世阿弥、茶人・千利休の祖父の千阿弥もまた同朋衆だった。現在では江戸幕府の役職となり、将軍、老中、大名らの身辺の世話をしている。湯島天神の北東にある神田御同朋町が、彼らが与えられた区域だ。

芸能・芸術は、人々の心を癒し和ませ豊かにするものだ。現に弁之助も玉章のお凜の唄に聴き惚れ、豊かな時間を過ごすことができた。これは書物を読んで楽しみ、心が豊かになるのと同じことではないか。

――芸能とは、金銭を得るために人の気を引く手段で、自らが見世物となる卑しい行為だ。何も生み出すことはないし、芸などという形のないもので対価をもらうのは、物乞と何ら変わることがない――。

これが、小屋者を差別する人々の共通認識だろう。

しかし、芸能もまた立派な仕事ではないのか？

そもそも芸能とは『日本書紀』にも書かれている通り、神々の宴が始まりなのではないか？　なぜ、古には神々の行為だった芸能を行う人を、皆で見下して差別するのだろうか？

――いや！　弁之助はぶるっと頭を振る。

翻ってこの私はどうなのだ？　手跡指南をして先生と呼ばれても、昔の人が苦労して到達したものを教えているだけで、何も生み出していないではないか。私と小屋者の人たちは、一体どこが違うというのか――？


「――日本書紀？」

ふいに弁之助は、さっき自分が思い浮かべた書物の名を呟いた。

そう、芸能の始まりは、神話の天岩戸の行に登場する天鈿女命の踊りだという。確か『日本書紀』にも天岩戸に関する記述があった。弁之助は、書を読む喜びを知った幼い頃『日本書紀』を借りて通読したことがあるのだ。

天照大御神が天岩戸に隠れた時、他の神々があらゆる儀式を行ったが、岩戸が開くことはなかった。だが着飾った天鈿女命が岩戸の前に桶を伏せ、上に立って足を踏み鳴らし、恍惚状態で裸になって踊ると、八百万の神が一斉に大笑いした。天照大御神は思わず何事かと岩戸を開け、そしてついに外に引きずり出された。つまり、古代において芸能とは、神々の娯楽であったのだ。

――いや、引っ掛かっているのはそのことじゃない。私は『日本書紀』という書物を思い浮かべた時、「別の何か」を思い出しかけたのだ。

私は一体、何を思い出しそうになったんだ――？

弁之助は右手で額を摑み、しばらく頭の中を探った。だが、結局、何も思い出すことはできなかった。

「帰るか。今晩はもう、気持ちよく酔えそうにない――」

弁之助は勘定を済ませると、煮売酒屋の豊川屋を出て、自分の長屋に向かってとぼとぼと歩き始めた。

するといきなり、若い男が弁之助にどんとぶつかってきた。

「おっと、御免よ」

そう言って走り去ろうとする男の右手を摑み、弁之助が後ろから捻り上げた。

「い、痛(い)ててててっ！」

男は右手に持っていたものを、ぽろりと道に落とした。弁之助の巾着(きんちゃく)だった。

「やっぱり巾着切(きんちゃくきり)ですか。危ない危ない」

巾着切、袂探(たもとさがし)、腰銭外(こしぜにはずし)、全て掏摸(すり)の異名。いつも煮売酒屋を出てきた酔客を狙っているのだろうが、生憎(あいにく)と弁之助は、酔いがすっかり醒(さ)めてしまっていた。

「私から掏(す)るとは大した腕ですが、いくらお金に困っても、盗みはよくありませんね」

「わかった！　わかったから離してくれ！　手、手が、商売道具が折れるーっ！」

「へえーっ！　あんた元は侍（さむれえ）だったのかい。道理で隙（すき）がねえと思ったぜ！」

巾着切の男が、握り飯と田楽と焼いた鯵（あじ）の干物を貪（むさぼ）り食いながら、無邪気に言った。

尖った髷を右にずらした鯔背髷（いなせまげ）、元結（もっとい）から後（おく）れ毛が一筋ひょろりと出ている。綿入りの着物は山吹色（やまぶきいろ）、二寸ほどの丸い模様が満遍（まんべん）なく入っているが、よく見ると丸いものは全て髑髏（どくろ）だ。こんな不気味な着物、どこで売っているのだろうか。どう見ても堅気ではないが、小柄で童顔のせいか何となく愛嬌がある。

「へえーっ、じゃありませんよ。巾着切は入墨（いれずみ）の刑、最悪の場合は死罪ですよ？」

手酌でまた酒を飲みながら、あきれたように弁之助が言った。

男を捕まえた後、なぜ巾着切などをやっているのかと弁之助が問い詰めると、男は悪びれずにこう言い放った。

「俺ぁ、義賊になりてえんだ」

「義賊？」

意外な言葉に思わず弁之助が繰り返すと、男は急に身を乗り出した。

「あんた石川五エ門(いしかわごえもん)を知らねえのかい？　石川や、浜の真砂(まさご)は尽きるとも、世に盗人(ぬすっと)の種は尽きまじ。こんな辞世の句を釜煎(かまい)りになりながら詠(よ)んだっていう、日本一の義賊だよ。悪代官や悪い豪商から金をたんまり巻き上げて、貧しい人々に分け与えたっていうから、えれえもんだろ？　な？　俺も義賊になって弱(よえ)え人たちを助けてえんだ」

石川五エ門なら弁之助も知っている。安土桃山(あづちももやま)時代、京の都に跋扈(ばっこ)したという伝説の大泥棒だ。実在したのは確からしいが、盗んだ金で施しをしたかどうかはわからない。だが、特権階級の金持ちから大金を盗むことを、時の庶民は痛快に感じたのだろう。今も義賊として讃(たた)えられ、芝居や江戸歌舞伎の演目にもなっている。

「私から盗まないで下さいよ。私は悪代官でも悪い豪商でもないんですから」

弁之助が口を尖らすと、男はあっけらかんとうそぶいた。

「まあそうなんだけどよ、立派な義賊になるために、今は腕を磨いてる真っ最中なんだ。だから、ぼーっと間抜け面して歩いてる奴を見たら、指先が鈍らねえように、巾着を掏ることにしててさ」

「ま、間抜け面」

弁之助はあきれた。本人を目の前にして言う言葉ではない。だが、弁之助も一度は巾着を掏られた訳だから、なかなかいい腕を、いや、いい指をしていることは事実だ。

その時。男の腹がぐうと鳴った。聞けば、今日の仕事で掏った金は、たまたま見かけた物乞の親子に全部くれてやったので、朝から何も食べていないという。どうやら義賊になりたいという言葉に、嘘はなさそうだった。

そこで弁之助は、やむなく巾着切を連れて豊川屋に戻り、飯を食いたいだけ食わせてやることにしたのだった。

「私は弁之助と言います。あなた、お名前は？」

がつがつと食べ続ける男を見ながら、弁之助が聞いた。

「俺は要次。人呼んで、猴の要次たあ俺のことさ！」

飯を頬張りながら、見得を切る役者のような口調で巾着切が答えた。猴とは猿の別名だ。すばしっこくて手先が器用という意味だろう。

ふう食った食った、と要次は腹を擦りながら満足気に笑った。

「弁さん。あんたにゃ飯を鱈腹食わしてもらったから、一回だけ只で働いてやるよ」

「働くって、何をするんです？」

「誰か憎たらしい奴がいたら、俺が巾着や紙入れを盗んでやらあ」

「馬鹿なことを。盗みなんか頼みませんよ！」

弁之助は心底あきれ、そして苦笑した。

「弁さん、あんたに酒飲みの友だちがいたら、こう言っときな」

酒屋の外に出ると、要次が言った。

「鎌倉河岸で酔っ払った時は、懐押さえて帰りなよ、って」

つまり、ここらで一杯やって帰る時間になると、要次が出てくるということか。

「そいじゃ、ごっそうさん！」

要次はにっこり笑うと、ふっ、とかき消すようにいなくなった。

猴の要次が消えた暗闇を見ながら、思わず弁之助は苦笑した。

「困った人だが、愛嬌があって、何だか憎めない男だったなあ」

忠吉が転がり込んできたお陰と言っては何だが、あれからいろんな人と出会った。

まず読売・天狗の辰三。神出鬼没の鼻が利く男、正義漢。

次に女太夫・玉章のお凜。夜に出る才能豊かな美女、妖艶。

そして巾着切・猴の要次。すばしっこく器用な男、お調子者。

「——待てよ？」

ふと考え込む弁之助。

「天狗の狗とは犬、猴は猿だ。それにそう、玉章は狐じゃないか」

玉章とは烏瓜または王瓜。瓜に犭を付けて動物にすれば、狐となる。

「犬、猿、それに狐か。どれも神社にいる神使の動物だ。これは面白いな」

自分が神様だなどと思い上がる気は毛頭ないが、自分の周りに神使である犬・猿・狐が揃ったのは愉快だ。きっとこれもまた、神田明神様のお導きに違いない。

「さて、遅くなった。そろそろ帰るとしますか！」

機嫌の良くなった弁之助は、鼻唄を唄いながら、湯島横丁の自分の長屋に向かって歩き始めた。

其ノ七　屋根を走る男

「遅えぜ、弁さん。すっかり凍えちまったじゃねえか」

弁之助が長屋に帰ると、家の前で若い男が白い息を吐きながら待っていた。読売の男、天狗の辰三だ。

「やあ、犬三さん」

「いぬぞう？　何だそりゃ」

訝しげな顔の辰三に、弁之助は慌てて誤魔化した。

「いえ、こっちの話です。辰っつぁん、そちらの方は？」

辰三の背後に、五十絡みの町人の男が立っている。

「黒川屋の番頭だった、幸助さんだ」

辰三が紹介した。

「焼け出された黒川屋の奉公人は、みんな田舎に帰っちまったようなんだが、運良くこの人だけ江戸に残ってたんだ」

辰三によると、幸助は忠吉がお縄になった後も、江戸で忠吉の無実を訴え続けていたという。牢屋敷や火盗改の詰所にも何度も出向いて、悪事検のやり直しを嘆願していたのだ。辰三はこの話を牢番から聞き、幸助の居所を聞き出したのだ。狗という字が入っているだけあって、鼻の利く男だ――。弁之助も辰三の取材力に感心した。

「実は、辰っつぁん」

弁之助は辰三の袖を引っ張って先に家の中に連れ込むと、大工の八五郎と一緒にこの長屋で忠吉を匿っていることを、こっそり教えた。

「もしお役人に見つかったら、八五郎さんまで死罪になるかもしれません。時期が来るまで誰にも黙っておきたいんです。当然、幸助さんにも」

「そうだったのか、わかった。そうしよう」

辰三も真剣な表情で頷いた。

幸助も家に招き入れると、丸行灯がぼんやり灯る部屋で、弁之助は幸助に話を聞いた。

「忠吉は絶対に、火付なんかする男じゃありません。何かの間違いです」

幸助は何度もそう繰り返した。幸助は五十歳。普段から手代の忠吉に目をかけ、可愛がっていたという。

「だって私、お店の厨子二階が爆ぜて火の手が上がった直後、隣家の屋根の上に怪しい人影を見たんです」

「本当ですか?」

驚く弁之助。本当だとしたら、犯人を見た者が初めて現れたことになる。

「本当ですとも。大爆ぜが起きた時、まだ店を開ける前でしたので、丁稚二人と一緒に帳場で書付の整理をしておりました。そうしたら、どかんとものすごい音がしてお店が揺れたので、三人で慌てて玄関から表に出ました。その時、隣家の屋根の上を、誰か若い男が腰を屈めながら走り去るのを見たんです」

熱っぽく幸助は喋り続けた。

「あれが火付の犯人に違いありません。お店の厨子二階に焔硝を仕掛け、火縄か何かを使って、隣家の屋根から火を着け、大爆ぜが起きたのを確かめたのちに、屋根を走って逃げたんでしょう」

「そのことを、火盗改のお役人には言いましたか?」

「言いましたとも。そうしたら、それこそが忠吉に違いない、そう火盗改は言うんです。でも、絶対に違うんです。年格好は似ていましたが、長く忠吉を見てきた私にはわかるんです。お役人には何度もそう言ったんですが、聞いてもらえませんでした」

　幸助は悔しそうに言った。

　おそらく火盗改は、もう忠吉を犯人にすることに決めていたのだろう。だから幸助の話も、完全に藪蛇になってしまったのだ。

　だが、この「屋根を走る男」が、真の犯人に違いない――。弁之助は自分の胸が高鳴るのを感じた。こいつさえ捕まえれば、忠吉の濡れ衣を晴らすことができる。

「ねえ、辰っつぁん」

　弁之助が勇んで天狗の辰三を見た。

「幸助さん以外にも、屋根を走る男を見た人がいるかもしれません。一人でも二人でも探し出せないでしょうか？」

　すると辰三は顔を曇らせた。

「しかしなあ。黒川屋の周囲に住んでる人たちにゃあ、もう何回も話を聞いたんだが、屋根を走る男ってのは初耳だなあ。まあ、もう一通り聞いて回るけどよ」

「ありがとう。どうかお願いします」

そして弁之助は、屋根という言葉で思い出した。

「幸助さん、ちょっとこれを見て下さい」

弁之助は辰三の摺物（すりもの）を取り出して、幸助に見せた。

「大爆ぜの直後、振袖（ふりそで）が空を飛んでいたという人がいるんです。見ましたか？」

「振袖が空を？　いいえ、見ていません。何と書いてあるんですか？」

摺物を受け取ると、幸助は懐（ふところ）から布で包んだものを取り出し、目に当てた。

「ほう、眼鏡（めがね）をお持ちですか。さすが大店（おおだな）の番頭さんですね」

弁之助が感心した。眼鏡は天文（てんぶん）二十年に耶蘇（キリスト）教宣教師のフランシスコ・ザビエルが、献上品として日本に伝えたと言われる。今では江戸に眼鏡屋が何軒もでき、武士のみならず裕福な町人も使用するようになったが、それでもなかなかの高級品だ。

「はい。目が弱ってきたとこぼしておりましたら、旦那様が買って下さいました。お金の勘定を間違えると大変だから、と笑いながら渡して下さって。本当にいい方でした」

幸助は、しんみりとした声で言った。

幸助は熱心に摺物を読んでいたが、やがて顔を上げ、申し訳なさそうに言った。

「読みましたが、生憎と私は空を飛ぶ振袖は見ていません。それにとてもじゃありませんが、着物が空を飛ぶなんて、信じられないことで——」

幸助に摺物を返され、弁之助は嘆息した。

「そうですよね。『よ組』の頭領の長次郎さんも、有り得ねえって仰ってました」

「弁之助さん、火消の頭領をご存じなんですか？」

突然、幸助が目を輝かせた。

「是非、ご紹介下さい。前々から一度、火消の頭領にお会いしてみたかったんです」

「そうですか。今度頭領に会ったら言っておきましょう」

火消、力士、それに与力は「江戸の三男」と言って、江戸っ子の憧れの職業だ。どれも浮世絵の題材になるほどで、まるで人気役者のように皆が持て囃している。弁之助もついこの間まで与力だったのだが、それは黙っておくことにした。

「それで弁之助さん、忠吉は今どこに？　元気な顔を見ないと、心配で心配で」

焦れたように聞く幸助に、弁之助は首を横に振った。

「申し訳ありませんが、それは言えないんです。もしまた捕まったら、忠吉さんは火焙ですから。信用できる人に匿ってもらってるから、ご心配は無用ですよ。

——それより幸助さん」

弁之助は幸助に向かって身を乗り出した。

「私と辰っつぁんも、何とか忠吉の濡れ衣を晴らしてやりたいんです。その、屋根を走る男が真の犯人だとして、それが誰なのか心当たりはありませんか？　例えば、喜兵衛さんを恨んでいた人はいませんでしたか？」

「それが悔しいことに、全く心当たりがございませんで」

死んだ主人の喜兵衛は人格者で、自分は心から信奉していたし、忠吉を始めとする奉公人たちからも慕われていた。その喜兵衛が人の恨みを買うなど考えられない——。そう幸助は主張した。確かに忠吉も、実の父親のように厳しくて、優しい方だと言っていた。

となると、喜兵衛が誰かの恨みを買って殺されたとは考えにくい。だが、逆恨みということもある。あるいは何かの利害が絡んでいるのかもしれない。

「ところで幸助さん、一つ教えてほしいんですが」

弁之助は話を変えた。

「喜兵衛さんのお店ですが、何で黒川屋という屋号だったんです？」

「旦那様の生まれ故郷が、越後の黒川という土地で、それを屋号にされたんです」

幸助はあっさりと答えた。生まれた土地の名前を取ったのか。とりあえず一つ疑問が消え、弁之助はすっきりした。

「じゃあ、あなたも越後の生まれで、喜兵衛さんと一緒に江戸へ？」

弁之助が聞くと、幸助は首を横に振った。

「いいえ。私は房州の生まれなんです。越後には一度も行ったことがなくて」

房州とは房総半島の南部を指す。

「それじゃあ、どういう経緯で黒川屋の番頭に？」

「江戸に出てからは両替商で働いておりましたが、旦那様が江戸で開業される際に、お金の算段などでご相談があり、私がお手伝いすることになりました。その時の仕事ぶりが旦那様に気に入られ、江戸の商い習慣を知らないから店を手伝ってくれないか、そう頼まれましたので、両替商を辞めて黒川屋に移りました」

なるほど、両替商から引き抜かれたのか——。弁之助は納得した。金勘定に長けた男が商家に来てくれたら、頼りになることは間違いない。

「番頭さん！」

突然、がらりと戸を開けて忠吉が入ってきた。その背後に大工の八五郎もいる。

「おお忠吉！　無事だったかい。よかった、本当によかった！」

幸助と忠吉は抱き合って、さめざめと泣いた。そしてしばしののち、忠吉が涙を流しながら幸助に説明した。

「こちらの弁之助さんに助けて頂いたんです。私の命の恩人です」

八五郎と一緒に仕事から帰ると、弁之助の家から幸助の声が聞こえてきたので、忠吉は思わず戸を開けてしまったという。

幸助が畳に手を突いて、弁之助に頭を下げた。

「弁之助さん。忠吉の顔を見て、ようやく安心しました。改めてお礼を申し上げます。忠吉を助けて頂き、本当に有り難うございました」

弁之助は恐縮し、顔の前で手を振った。

「いや、お手を上げて下さい。これも合縁奇縁というもので」

弁之助と辰三は顔を見合わせ、諦めた様子で肩をすくめた。この長屋で忠吉を匿っていることは、できれば誰にも伏せておきたかったが、忠吉本人が出てきてしまっては仕方がない。忠吉は元番頭の幸助を、よほど信頼しているのだろう。

「それで忠吉。お前さん、今どこに住んでるんだい？」

幸助に聞かれ、忠吉は八五郎を振り返った。

「こちらの八五郎さんちのお隣です。大工の棟梁なんですが、私は甥ってことにして頂いて、ついでに大工仕事も教えてもらってるんです」

「そうなのかい。そりゃあよかった」

大きく頷いた後、幸助は八五郎にも深々と頭を下げた。

「八五郎さん、忠吉を匿って頂き本当にありがとうございます」

八五郎も照れたように笑った。

「なあに、いいってことよ。困った時はお互い様って奴だ、気にすんなって」

「八五郎さん。改めて、本当に申し訳ありません」

幸助と一緒になって頭を下げる弁之助に、八五郎が苦笑した。

「だ・か・らあ！　すまねえな八っつぁん、ありがとよ、だろ？」

「は、はい。すまねえな八っつぁん、ありがとよ、でした」

言い直す弁之助。その掛け合いに、笑いが起こった。

弁之助も、八五郎に教わった江戸っ子の語彙(ごい)や言い回しは、結構沢山覚えたつもりではいる。だが、いざとなると照れが邪魔するのか、自分の口からなかなか出てこない。だから、まだ町人になれた気がせず、自分でももどかしい。

やがて幸助が弁之助宅を辞し、八五郎と忠吉もそれぞれの家に帰り、弁之助の家には天狗の辰三だけが残った。

「屋根を走る男、ねえ――」

天狗の辰三が、眉を寄せて腕組みした。

「黒川屋の周りの店なら、俺は何度も聞き込みしたが、そんな話は出なかったなあ。その男に気がついたのは、幸助さんだけなのかもしんねえなあ。一応、もう一回あのあたりを聞いて回ってみるけどよ」

辰三の話には、弁之助も頷くしかなかった。しかし、「屋根を走る男」が真の犯人である可能性は非常に高い。何とかしてこいつを見つけ出さねばならない。

そのために、近所の聞き込み以外にできることがあるだろうか。とりあえず、元番頭の幸助という心強い味方ができたのは収穫だ。それに、黒川屋の屋号が喜兵衛の出身地、越後の黒川から来ていることもわかったが――。

その時、弁之助はふと思い付いた。

「ねえ辰っつぁん。ものは相談ですが、あなた越後に行ってくれませんか？」

「越後？」

思わぬ依頼に辰三は驚いた。

「越後って、あの上杉謙信（うえすぎけんしん）がいた越後かい？　どうしてそんな所に？　屋根を走る男を見た野郎を探すんじゃねえのかい？」

「黒川屋の近所の聞き込みは、私でもできると思うんです。だから、いつも江戸中を歩き回ってる健脚（けんきゃく）の辰っつぁんには、その脚を活かした仕事をお願いしたいんです」

元番頭の幸助の他には、黒川屋の奉公人は見つからない。となれば、江戸では、もう黒川屋喜兵衛について話を聞ける人はいないだろう。だが、喜兵衛の生まれ故郷の越後黒川に行けば、以前から喜兵衛を恨んでいる者や、喜兵衛を邪魔に思っている者の話が聞けるかもしれない。

弁之助が自分で黒川に行ってもいいが、辰三よりも日数がかかるだろうし、おそらく読売の辰三が調べたほうがいい情報が手に入る。

辰三が腕組みして思案した。

「うーん、越後に行くとすりゃあ会津（あいづ）街道かあ。どんなに急いだって片道五日はかかるぜ？　それにお足だって結構かかる」

「勿論、旅籠（はたご）代や飯代、草鞋（わらじ）代、その他の旅の費用は全部私が持ちます」

普段なら弁之助には無理な出費だが、今は三太夫の切餅（きりもち）がある。

「そこまで言われちゃしょうがねえや。任せときな、ひとっ走り行ってくらあ！」

辰三がどんと胸を叩いた。

頼みます、と言いながら弁之助は考えた。

黒川屋の近所を聞き込みするとしても、新しい話が出てくるかどうかは望み薄だ。辰三が越後に行けば、帰ってくるのは早くても十日後だろう。その間、私にできる他のことはないか――？

――そうだ、書肆（しょし）へ行ってみるか。

弁之助は膝（ひざ）を叩いた。書肆、書林、一般には書物屋。書店のことだ。当時の書店は、学術書は書物屋、娯楽用の読み物は草紙屋（そうしや）と呼ばれることが多かった。

玉章のお凜に会った後、弁之助は芸能が虐（しいた）げられる世の中に激しい憤（いきどお）りを覚えた。そして日本で最初の芸能を描いた『日本書紀』の天岩戸の行を思い出した。芸能とは古来神々の御業ではないか、蔑まれる理由は何一つないと。

その時、弁之助は『日本書紀』という言葉に、何か強い引っ掛かりを覚えたのだ。

自分は『日本書紀』の何がそんなに気になっているのか、『日本書紀』を読めば思い出すかもしれない。そう弁之助は考えたのだ。

その時。弁之助は突然立ち上がると、忍び足で三和土に降り、がらりと戸を開けた。

「弁さん、どうしたい？」

辰三が怪訝な顔で聞いた。

「いや。誰か外にいたような気がして」

弁之助は首を捻りながら答えた。

気のせいだろうか――？　弁之助は漠然とした不安を感じた。

そろそろ忠吉の匿い場所を変えたほうがいいかもしれない。八五郎夫婦と相談することにしよう。

そして、もう一度用心深く外を見回した後、弁之助は戸をぴしゃりと閉めた。

其ノ八　火盗改

師走九日――。

火消の長次郎、玉章のお凜、猴の要次、元番頭の幸助と会った、その二日後。

昨日弁之助は、早朝から八五郎・忠吉と一緒に四谷へ行き、八五郎の師匠の家に忠吉を預けてきた。長屋の周囲に不穏な雰囲気を感じ取ったからだ。八五郎の師匠もまた気風のいい江戸っ子で、任しときな、こいつを一端の大工に鍛えてやらあと胸を叩いた。

そして今日、弁之助は午前中に子供たちへの手跡指南を終えると、冷や飯をお茶漬けにした昼飯を掻き込み、日本橋へと出かけた。天狗の辰三は、既に昨日、夜明けと同時に越後に向けて出立したことだろう。その間に、自分にもやることがあった。

「これはこれは貴田様、随分とお久し振りでございます」

壮年の男が、にこにこと人懐っこい笑みを浮かべながら弁之助を迎えた。

ここは日本橋室町にある、弁之助の馴染みの書物屋「長崎書海」。出てきた男は店主の万右衛門、四十五歳。彼もまた武家の生まれながら、本好きが嵩じて書物屋になったという奇特な男だ。

「あの、貴田様。そのお身なり、如何なさいました?」

初めて弁之助の町人姿を目にして、万右衛門が不思議そうに聞いた。

「私も武士はやめたんだ。万さん、貴田じゃなくて弁之助と呼んでくれ。――それで」

弁之助が『日本書紀』を読んでみたいんだがと聞いてみると、木版本四つ目綴じの新品が一揃いあるという。

「さすがは万さんだな、何でも揃ってる。で、如何ほど?」

値段を聞いた弁之助に、万右衛門がさらりと言った。

「全三十巻で、丁度一両でございます」

「い、一両?」

弁之助が目を剥いた。一両は長屋の店賃でいうと一年分にあたる大金だ。だが、新刊本の値段は読み物でも三百文はするから、歴史書などの学術書であれば五百文はするだろう。それが三十巻であれば、一両は至極当たり前の値段と言えた。

弁之助がおずおずと聞いた。

「万さん。ものは相談だが、その、ちょこっと安くしてもらう訳にはいかないかな？」

すると万右衛門はにっこりと笑ってこう言った。

「では、貸本(かしほん)という形にいたしましょうか。どうせ今後も、お求めになる方はおられないでしょうから」

ほっと安堵する弁之助。一両は三太夫のお陰で買えない金額ではないが、よく考えたら、狭い長屋に三十巻もの本を置いたら、寝る場所がなくなってしまう。

「助かったよ、万さん。天岩戸の話を思い出していたら、急に『日本書紀』が読みたくなったものでね」

「左様でございますか。でも、天岩戸の逸話が載っているのは『日本書紀』だけではございませんよ。『古事記(こじき)』もです」

万右衛門が言うには、『日本書紀』と『古事記』は書かれた理由が異なっており、『日本書紀』が歴代天皇の年代記であるのに対し、『古事記』は物語性の強い神話であるから、読んで面白いのは『古事記』だという。

「そうなのかい。でもまあ、気になるのは『日本書紀』のほうなんだ。とりあえず借りて読んでみるよ」

弁之助は万右衛門に風呂敷を借り、三十巻を包んで担ぎ上げると、お気を付けてという万右衛門に手を振って店を出た。

「貴田殿でござるな？」

書物屋・長崎書海からの帰り、弁之助は突然背後から声をかけられた。

「はい、何でしょう？」

弁之助が振り向くと、そこに若い役人の侍が立っていた。

歳は二十代半ばか。目つきが鋭い。黒の巻羽織に黒い着流し。腰に閂差しした大小の鞘も黒、雪駄の鼻緒まで黒。つまり全身黒ずくめという不吉な出で立ち。

この男が背後から近づいたことに、弁之助は全く気が付かなかった。気配を全く感じさせなかったのだ。弁之助は警戒した。相当な遣い手だ。

「お人違いでは？　私は弁之助という町人でして」

愛想笑いをする弁之助に、若い侍は真顔で首を横に振った。

「隠されるには及びませぬ。弁之助とは自ら付けられた俗名。貴公は九州熊本藩、細川家第四代藩主・細川宣紀公が庶子にして、元北町奉行所詮議所が吟味方与力、貴田公勝殿。相違ございませぬな？」

「ふうん」

感心する弁之助。この男、弁之助の過去を調べ上げている。

「で、あなた様はどちら様で？」

「盗賊 並 火付方御 改 同心、南雲慎之介」

火盗改の同心――。悪人なら震え上がる肩書きだ。確かに火盗改の印、黒房の十手を帯に差している。

「それで南雲様、私に何の御用でしょう？」

「その荷物は？」

弁之助の質問には答えず、南雲が問い返した。弁之助の背負っている、重そうな風呂敷包みのことだ。

「書物屋で借りてきた歴史の本です。三十冊もあるので、重くて重くて」

「貴公、武士の言葉はお忘れか？」

南雲が嫌悪感を露わにした。

「ええ。もう私は、頭の天辺から足の爪先まで町人なんです」

「よかろう。では、以後は拙者もその方を町人として相手する」

そこから南雲はがらりと口調を変え、話を再開した。

「弁之助とやら、黒川屋の火事は知っておるな？」

「黒川屋の大爆ぜですね？　ええ、知ってます」

ちくりと訂正する弁之助。火消の長次郎によると、火盗改は大爆ぜの理由が摑めないため、ただの火事として処理するつもりなのだ。

南雲は何の反応も見せず、話を続けた。

「その火事の犯人として、手代であった忠吉なる者を捕らえたが、牢屋敷の火事で切り放たれた折、逃亡した。それ以来、杳として行方が摑めぬ」

この南雲という同心が、忠吉を犯人と断じてお縄にしたのだ。

弁之助はとぼけた。

「へえ、逃げたんですか。それは大変ですね」

「匿っている者がいるに相違ない」

南雲はじっと弁之助を睨んだ。

なぜこの南雲という同心は、私に黒川屋の火事と忠吉の話をするのだろうか？

もしかすると、私が忠吉を匿っていると疑っているのだろうか――？

弁之助は怪しんだが、こちらからそれを聞くのも藪蛇になる気がして、このまま知らんぷりを続けることにした。口ぶりから察するに、南雲は忠吉の居場所を摑んではいないようだ。弁之助は幸運に感謝した。昨日のうちに密かに忠吉を四谷に移してよかった。危ないところだった。

「へえ、匿っている者がいるんですか」

弁之助はとぼけて見せた。

「でも、どうして手代だった忠吉が火付の当人だとわかったんです？」

南雲が説明した。

「火事の数日前、忠吉が死んだ主人の喜兵衛に激しく叱責されたのを、店の女中が見ていた。忠吉はそれを恨んで喜兵衛を殺害したのだ。それに火事の前日と当日、忠吉は主人に暇を貰っていた。火付の手筈のため、店を休んだに相違ない」

それが忠吉をお縄にした根拠のようだが、どちらも心証であって、確かな証ではない。

弁之助はさらに聞いてみた。

「その忠吉さんは、どうやってあんな大爆ぜを起こしたんですか？」

「屋根伝いに黒川屋へ来て、厨子二階に焔硝を仕掛け、火を放ったのだ」

弁之助は首を捻りながら聞いた。

「でも、どこで焔硝を手に入れたんでしょうね？」

南雲は面倒そうに答えた。

「そんなことはどうでもよい。大方、花火屋かどこかで盗んだのであろう。忠吉を厳しく問い詰めた結果、火付を白状したので詮議を終え、老中のご沙汰(さた)が下りるまで牢屋敷に移しておいたが、その牢屋敷が火事となり、切り放たれたのを機に逃亡した」

厳しく問い詰めたとは、つまり拷問したということだ。

「大爆ぜの前後、店の近くで忠吉の姿を見た人はいるんですか？」

「番頭の幸助が、隣家の屋根に若い男がいたのを見ている。これが忠吉に相違ない」

幸助の証言は、どうやら逆効果だったようだ。

「その、屋根の男が忠吉だという、確かな証(あかし)はあるんですか？」

「その時刻、他の場所で忠吉を見た者がいない」

無茶苦茶な理屈だ——。弁之助はあきれた。

「そして何より、忠吉には無視すべからざる過去がある」

南雲のその言葉に、弁之助の眉がぴくりと動いた。

「過去？」

南雲は得々と喋り始めた。

「まず、忠吉は黒川屋に奉公する前、川越で鳶職に就いていた。父親が鳶であったため、後を継ぐべく父親の下で修行していたのだ。だが、弟子仲間と些細なことでぶつかり、かっとなって鳶職を辞め、江戸に出てきて黒川屋で奉公を始めた。よって屋根の上を歩き、厨子二階に侵入することも、忠吉には極めて容易なことだった」

忠吉が元は鳶職だった——？　弁之助は驚いた。初めて聞く話だった。

「もう一つ。忠吉は奉公人でありながら、主人・喜兵衛の一人娘である花に懸想していた」

「一人娘に？」

思わず弁之助の声が高くなった。懸想していたとは、つまり恋慕していたということだ。

「忠吉は我慢できず、花に想いを伝えた。だが、それを主人の喜兵衛に知られてしまい、身のほど知らずと酷く罵倒され、二度と花に近寄らぬという証文を書いて、辛うじて黒川屋を首になるのを免れた。これも大爆ぜの直後、黒川屋の女中に聞いた話だ」

南雲は自信満々の顔で喋り続けた。

「忠吉は当然、喜兵衛を深く恨んでいた。昨年その花が死んだことも、喜兵衛への怒りをより募らせたであろう。それに加えて今回の叱責だ。忠吉の怒りは頂点に達し、ついに憎き喜兵衛を殺害、同時に黒川屋を燃やし尽くしたのだ」

知らなかった――。弁之助は激しく動揺した。

忠吉は黒川屋に来る前、川越で鳶職に就いていた。そして昨年死んだ黒川屋の一人娘・花に恋慕の情を抱いていた。南雲の語ったこの二つの話は、忠吉からは出なかった。なぜ忠吉はその話を私に黙っていたのだろう。隠していたのだろうか。そうだとすれば、なぜ私に隠していたのだろうか。

「さて、弁之助」

弁之助の表情を窺いながら、南雲が聞いた。

「その方、忠吉の行方について何か知っていることはないか？」

やはり南雲は、弁之助を疑っているようだ。

「生憎、何にも知りませんで」

弁之助はしらばっくれた。

「匿った者がいれば、同罪と見做(みな)し引っ立てる。逆らえば斬り捨てる」

南雲が低い声で言った。弁之助を恫喝(どうかつ)しているのだ。

「弁之助、もし何か心当たりあらば、赤坂(あかさか)の役宅へ出頭せよ。わかったな」

「南雲様。それをなぜ、この私に？」

ついに弁之助は聞いた。忠吉を匿っているのは確かに自分なのだが、なぜ南雲が自分を疑うに至ったのか、それが不思議だった。

南雲はふんと鼻を鳴らした。

「そもそも武士が自ら刀を捨て町人となるなど、奇怪にして有り得ぬこと。つまりその方は、元々不審にして胡乱(うろん)なる者なのだ」

南雲は弁之助の目をじっと覗き込んだ。

「江戸に何事(なにごと)かあらば、まずその方が真っ先に疑われる。そう心得よ」

そう言い残すと南雲は、黒い巻羽織の袖をばさりと翻(ひるがえ)し、まるで烏(からす)が飛び去るかのように歩き去った。

ふう、と弁之助は大きく息を吐いた。

火盗改同心、南雲慎之介。黒ずくめの不吉な出で立ちも含め、剣呑な男だった。しかも明らかに弁之助を疑っている。

──しかし。弁之助の顔が曇った。

南雲の言った忠吉の過去は本当だろうか？　黒川屋に奉公する前は鳶職であったこと、そして昨年死んだ喜兵衛の娘・花に懸想し、迫ったことで主人・喜兵衛の怒りを買い、二度と近づかないという証文を取られたこと。

元鳶職であれば、番頭の幸助が見た「屋根を走る男」が忠吉でも何の不思議もない。そしてもし、娘への懸想が本当であれば、忠吉が喜兵衛を殺めるだけの充分な動機があることになる。

かあ、という烏の啼く声が聞こえ、弁之助は思わず空を見上げた。

西の空には、まるで燃えているような赤い夕焼け雲が広がっていた。

其ノ九　日本書紀

師走九日、夕刻――。

弁之助は長屋に帰ると、仕事から帰ってきた八五郎を摑まえ、火盗改同心の南雲という男と会ったことを伝え、火盗改に疑われているかもしれないから、充分に気をつけるようにと念を押した。

「役人がうろついてんのかい。くわばらくわばらだな」

八五郎が真面目な顔で肩をすくめた。

「昨日のうちに忠吉の野郎を、四谷の師匠に預かってもらっといてよかったぜ」

「それで棟梁、どうですか？　忠吉さん」

「どうって、何がでえ？」

「その、大工としての筋は如何でしょう？　足手まといになっていませんか？」

忠吉が元は鳶職だったのなら、八五郎も気がついているのではないか。弁之助はそう思ったのだ。

「おう、心配すんな。大丈夫だ！」

八五郎は嬉しそうににっこりと笑った。

「特にあん野郎、身が軽いって言うの？　軒桁や棟木の上だって、材木担いですいすい歩くしよ、斜めになってる屋根の上も、転びもしねえで走り回るしな。ありゃあよっぽど筋がいいんだな。このまま真面目にやりゃあ、いい大工になるぜ！」

八五郎の言葉は、忠吉が元鳶職だったという話を裏付けた。やはり、火盗改の南雲の言ったことは本当なのだ。

そして弁之助は、忠吉のもう一つの過去も気になった。黒川屋喜兵衛の死んだ一人娘・花に懸想し、二度と会わないという証文を喜兵衛に取られたという話だ。

考えていても仕方がない。本人に聞いてみるしかない――。そう覚悟を決めて、弁之助は四谷に向かった。

「はい、川越では鳶をやっていました」

忠吉は無邪気な笑顔を浮かべながら、弁之助に言った。

弁之助は忠吉が住み込みで働いている、四谷にある八五郎の師匠宅に来ていた。忠吉の近況を聞きたくなったので、と言って上がり込んだのだ。

「元々お父っつぁんが町鳶で、仕事を手伝うように言われ、弟子入りしたんです。でも、修行中にお父っつぁんが足場から落ちて亡くなってしまい、手伝う必要もなくなりましたので、鳶になるのをやめて、商売を覚えるために江戸に出て、口入屋さんの紹介で黒川屋さんにご奉公することになりました」

火盗改の南雲の話とは微妙に異なるが、前職が鳶職だったのは事実のようだ。

「どうしてそのことを、私に黙っていたんです？」

弁之助が尋ねると、忠吉は恐縮した。

「申し訳ございません。火事の話とは関係ないと思い、お話ししませんでした」

弁之助は考え込んだ。元番頭の幸助が見たという「屋根を走る男」は、やはり忠吉だったのだろうか？　本当は犯人だからこそ、忠吉は弁之助に鳶職だった過去を隠しておきたかったのだろうか――？

こうなると、もう一つの過去についても聞かない訳にはいかない。

「それから忠吉さん。これもちょっと小耳に挟んだのですが」

「はい。何でしょう？」

「あなた、去年亡くなった黒川屋のお嬢さんを、好いていたそうですね？」

　忠吉は黙り込んだ。そして沈黙はそのまましばらく続いた。弁之助は辛抱強く忠吉が口を開くのを待った。

「思い出すのも、辛いのですが――」

　忠吉はようやく口を開いた。

「私とお嬢様の花さんは、将来を誓い合った仲でした」

　忠吉は、花との仲についてぽつりぽつりと話し始めた。

　忠吉が黒川屋に丁稚として来た時、花はまだ可愛らしい子供だった。花は兄弟姉妹がおらず、また当時は忠吉以外に若い奉公人がいなかったので、花は忠吉にすぐになつき、お兄ちゃんお兄ちゃんとつきまとうようになった。忠吉も一人っ子だったので、妹ができたかのように嬉しく思った。

　それを見た主人の喜兵衛からも「済まないが遊び相手になってやってくれ」と言われ、仕事の合間に花と人形遊びをするのが日課になった。着せ替え人形を子供に見立て、花と忠吉が夫婦（めおと）を演じるのだ。

　そして三年が経った。気が付くと花は、まさに蕾（つぼみ）が花開くように、いつの間にか年頃の美しい娘になっていた。花は人形遊びをやらなくなり、忠吉をお兄ちゃんではなく、恥ずかしそうに忠吉さんと呼ぶようになった。忠吉もいつしか花と、ごっこ遊びではなく、本当の夫婦になりたいと考えるようになった――。

「でも、私もお嬢様も知らないところで、お嬢様と大店の次男の方との縁談が進んでいたんです」

忠吉は寂しそうな顔で喋り続けた。

「ある日、旦那様に呼び出されまして、こう言われました。忠吉、お前と花が好き合っていることは花から聞いた。しかし黒川屋の安泰のため、つまりお店に奉公してくれている女中たちや丁稚たちの生活を守るため、花とお得意先との縁談を壊す訳にはいかないのだ。どうかわかっておくれ――」

お相手がお金持ちのご子息なら、自分のようなただの奉公人と一緒になるよりも、お嬢様は幸せになるに違いない。そう忠吉は考えざるを得なかった。

そして喜兵衛は、花からお前を遠ざけるために暇を出そうかとも思ったが、よく頑張ってくれているお前を失ってしまうのは惜しい、花のことは諦めると一筆書いてくれれば、今まで通り店で働いてくれて構わない、そう言ってくれたため、忠吉もありがたく証文を書いたのだという。

そうしたら花は、穴蔵で着物を見ている時、心の臓の病で急死してしまった

――。

「そうですか。辛いことを思い出させて、すみませんでしたね」

弁之助が謝ると、忠吉も慌てて頭を下げた。

「こちらこそすみません。これも火事とは関係ないと思い、弁之助さんにはお話ししませんでした。どうぞお許し下さい」

どっちが本当なんだろうか――？

自分の家に戻って、畳にどっかりと胡座をかくと、弁之助は考え込んだ。

忠吉の前職が鳶職だったことを弁之助は知らなかった。だから黒川屋の大爆ぜの直後、番頭の幸助が「屋根を走る男」を見たと聞いても、まさか忠吉ではあるまいと考えた。しかし今となっては、忠吉が犯人である可能性が捨てきれなくなった。

もう一つ。忠吉自身も、黒川屋喜兵衛の一人娘・花に想いを寄せていたことを認めた。忠吉は花の幸せを思って身を引き、喜兵衛を恨んではいなかったと言った。

だが、もし南雲の言う通り忠吉が喜兵衛を恨んでいたとすれば、今回また喜兵衛に叱責されたことで怒りが頂点に達し、黒川屋を焔硝で吹き飛ばし、主人の喜兵衛を爆殺したという筋書も、俄然現実味を増す。

そして忠吉は、牢屋敷の火事で切り放たれた後、捕方に追われて逃げられぬと判断、目についた私の所へ転がり込み、自分は無実だと訴えた。私は、その言葉にまんまと騙されてしまい、忠吉の濡れ衣を晴らそうと――。

――いや、駄目だ！

弁之助は邪念を振り払うため、ぶるぶると頭を左右に振った。

忠吉が鳶職だったことは、忠吉が「屋根を走る男」だという証ではない。死んだ娘と別れさせられたのも、よしんばそれで忠吉が喜兵衛を恨んでいたとしても、店を吹き飛ばして喜兵衛を殺したという証拠にはならない。どちらもただの心証でしかない。確たる証拠ではないのだ。

弁之助よ、お前は法を信じる者ではないか。弁之助は自分自身を叱咤した。

二十歳で江戸町奉行所の与力となり、例繰方の一人に抜擢され、法律将軍と呼ばれた徳川吉宗公の指揮下、公正な裁判を執行するための規則である、公事方御定書の編纂に没頭したではないか。

そのお前が、心証だけで忠吉を疑うのか？　いやしくも法の下僕たる者、確たる証拠があってこそ、初めて判断を下すことができるのではないか？

しかし、もし何の証も見つからなかったら――。

弁之助はごくりと生唾を飲み込んだ。

その時は、忠吉の無罪を証明することはできない。忠吉は再び捕まったが最後、無実の罪で火罪、即ち火焙による死刑となる。いや、牢脱けの罪が加算され、おそらくは極刑である鋸挽になるのではないか。

何としても証拠を見つけなければならない。忠吉が無実であるという証拠、それも決して動かない物証を――。弁之助は自分自身に厳しく言い聞かせた。

気が付くと、家の中は薄暗くなっていた。

弁之助は立ち上がると、丸行灯に油差で灯し油を足し、熾火から付け木を経由して火を灯した。土間に降りて竈で湯を沸かし、朝炊いた冷や飯に茶をかけ、佃煮と沢庵で掻き込んだ。

それから弁之助は、部屋の隅に置いていた風呂敷包みを解き、長崎書海の万右衛門に借りてきた『日本書紀』全三十巻を取り出した。文机の上に第一巻を置き、その前に正座した。そして弁之助は、よし、と一声発し、第一巻の表紙をめくった。

律令制が完成を迎えた奈良時代、養老四年（七二〇年）に書き上げられた日本最古の正史『日本書紀』。『続日本紀』『日本後紀』『続日本後紀』『日本文徳天皇実録』『日本三代実録』に先立つ六国史の最初でもある。全三十巻、別に系図も一巻あったと伝わるが、現在は失われた。文章は全て漢文で書かれている。

この千年以上も前に書かれた歴史書に、忠吉の冤罪を晴らす何かが書かれているかもしれない——。弁之助はそう予感していた。

玉章のお凜と会った後、芸能が虐げられる世間に激しい憤りを覚え、最初の芸能は神々の行為であるのにと、『日本書紀』の天岩戸の行を思い出した。その時から『日本書紀』という書名が、なぜか片時も頭から離れないのだ。『日本書紀』を読まねばならない、そんな焦りが募るばかりだった。

古、天地未だ剖れず、陰陽分けず渾沌かれて、鶏子の如く溟涬に牙を含めり——。

——太古の昔、天地は未だ分かれておらず、光も闇もなく混沌としていたが、その暗い淀みには、鶏卵のような兆しがあった――。

『日本書紀』巻第一・神代上の冒頭に書かれている、開闢即ち天地の始まりの描写。

それから弁之助は、一字一句読み漏らすまいと、頭からつぶさに漢文を凝視しながら読み進めた。だが、特に何の引っ掛かりも見つけられないまま、頁だけが進んでいった。それにしても、漢文の読み下しは時間がかかる。

やがて暁烏の声。気が付くと朝になっていた。弁之助は疲れた両目を揉みながら、ふう、と息を吐いた。この一晩で読み終わったのは、三十巻のうちわずか三巻。

それから弁之助は、朝から昼は子供たちに読み書きを教え、午後から晩飯もそこそこに、ひたすら『日本書紀』を読むという毎日。一日に六巻の調子で読み続け、あっという間に四日が過ぎた。

そして、五日目の夜――。

「ようやく二十四巻を読み終えた。でもまだ六巻も残っているな」

両眼を親指と人差指で揉み、弁之助は溜め息をついた。

こんなことをやっていて、本当に黒川屋の大爆ぜについての手掛かりが得られるのだろうか？　『日本書紀』全三十巻のどこかに、本当に忠吉の冤罪を晴らす「何か」が書かれているのだろうか――？

それでも弁之助は、丸行灯のぼんやりとした光の中、目を凝らして読み続けた。そして夜が白み始める頃、『日本書紀』は第二十七巻に入った。

「ええと、天智天皇紀、その七年――」

眠気覚ましも兼ね、ぶつぶつと小声で音読する弁之助。記述は、天智天皇七年目の年（六六八年）に何をしたか、という行へ来た。

「時に近江国で武を講じ」

時に近江国で武を講じ、また多に牧を置きて馬を放つ。また越国が――

ふいに、弁之助の声が止まった。

「――こしのくに？」

弁之助は呟いた。その言葉に何かを感じたのだ。

越国は古代に存在した日本海沿いの国で、今は越前、越中、越後に分かれている。その中の越後は、殺された黒川屋の主人・喜兵衛の出身地だ。

弁之助は、急いでその先の文章に目を走らせ、そして、ごくりと喉を鳴らした。

「ここだ――」

弁之助が震える指で、その一行をなぞった。

「そうだ、この行だ。私は我知らず、かつて読んだことのあるこの記述を、思い出そうとしていたんだ」

やはり『日本書紀』の中に、重大な鍵が隠れていたのだ。

薄暗い丸行灯の明かりの中、弁之助はくらりと眩暈を覚え、思わず目を閉じた。黒川屋の大爆ぜに関するいくつもの謎が、雪崩のように解け始めたのだ。そして、まるで目の前に幾重にも垂れ下がっていた厚い緞帳がはらはらと落ちていくかのように、今まで見えなかったものが、次々と弁之助の前に姿を現し始めた。

なぜ、黒川屋喜兵衛の一人娘・花は、地下の穴蔵で死んでいたのか？

なぜ、中庭にある掘り抜き井戸を、黒川屋の前の染物屋は放置していたのか？

なぜ、黒川屋は、その井戸に雨樋で屋根の雨水を引き、捨てていたのか？
なぜ、黒川屋喜兵衛は煙草が嫌いだったのか？
なぜ、燃える黒川屋の屋根の上を、死んだ娘の振袖が飛んでいたのか？
なぜ、火消の長次郎は、黒川屋の火事で焔硝の臭いを嗅がなかったのか？
なぜ、黒川屋の屋根の残骸には、正体不明の黒いものが付着していたのか？

弁之助が以前より不思議に思っていた謎も、今まではそもそも謎とも思っていなかった謎も、全ての謎が『日本書紀』第二十七巻の記述によって一気に解き明かされたのだ。

天狗の辰三を越後に行かせたのは大当たりだった。弁之助は己の思い付きと運の強さに、改めて僥倖を感じた。おそらく辰三は「越後土産」を携えて、越後から帰ってくるだろう。その時、私の見当が正しいかどうか、答え合わせができる——。そう弁之助は確信した。

真の犯人が黒川屋で大爆ぜを起こした仕掛けが、ついにわかった。全く思いもかけない方法だった。『日本書紀』を読み返さなかったら見抜くことができず、真の犯人は忠吉に罪を被せて、まんまと逃げおおせたことだろう。

「となると、真の犯人は誰だ――？」

そう呟いた後、弁之助は愕然（がくぜん）とした。

いないのだ。真の犯人たりうる人物が。

弁之助が見抜いた大爆ぜの仕掛けが正しいとすれば、真の犯人は越後の出でなければならない。だが黒川屋の中にも周囲にも、越後から来た者が一人も見当たらないのだ。殺された喜兵衛は越後の人だが、一人で江戸に出てきて奉公人を雇ったという。番頭だった幸助も房州、手代だった忠吉も川越の人だ。

それに加えて弁之助は、まだ謎が二つ残っていることにも気が付いた。

一つ目は、大爆ぜの仕掛けは見抜いたものの、その仕掛けに点火した方法がわからない。大爆ぜを起こしたからには、ある場所で仕掛けに点火した筈なのだが、大爆ぜが起きる直前にそこにいた者は、誰一人としていないのだ。

二つ目は、真の犯人はなぜ早朝に事を起こしたのか、その理由がわからない。黒川屋の主人を殺すなら、自分の姿を見られないよう、奉公人たちが寝静まった深夜に決行するだろう。それなのになぜ、見つかる危険を冒して、わざわざ奉公人たちが働き出す早朝を選んだのだろうか。

考えろ。考えるんだ。真の犯人は誰だ？　二つの謎の答えは何だ――？

弁之助は腕組みし、目を閉じて、必死に考え続けた。

だが――。

「――駄目だ。わからない」

弁之助はがっくりと項垂(うなだ)れ、ふう、と嘆息した。

それにしても目が疲れた。弁之助はまた、右手の指で両目をぐりぐりと揉む。

「もう老眼(おいめ)が来たのかな。子供の頃から本ばかり読んで、目を酷使してきたからな。私も幸助さんのように、そろそろ眼鏡が必要かもしれない」

弁之助は首をこきこきと左右に倒しながら、そうこぼした。

ともあれ、大きな進展が一つだけあった。大爆ぜのからくりがわかったことだ。残りの二つの謎はまた考えるとして、今日は寝ることにしよう。本当に疲れた――。

敷布団を広げ、その上で厚い夜着を被(かぶ)った瞬間、弁之助はあっという間に眠りに引きずり込まれた。

「た、大変だ！　ねえ先生、起きてる？　大変なんだよ！」

誰かが叫びながら、どんどんと戸を叩いていた。その声と音で、弁之助は心地よい眠りから引きずり出された。聞き覚えのある女性の声だった。同じ長屋に住む大工の棟梁・八五郎のおかみさん、お春だ。

「どうしたんです？　お春さん」

何とか目を開くと、戸口に向かって欠伸混じりの声をかけた。

「私、徹夜で読書しておりましたもので、眠くて眠くて。もうちょっと寝てもいいでしょうか？」

「たった今、お役人が五、六人家に来て、うちの人を連れていっちまったんだよ！」

その言葉で弁之助の眠気は一気に吹っ飛んだ。

「何ですって？」

夜着を跳ね飛ばしてすっくと立ち上がり、弁之助は土間に降りてがらりと戸を開けた。外には、泣きそうな顔の小柄な春が立っていた。

「お春さん。役人たちの中に、真っ黒い着物を着た人がいませんでしたか？」

「いたよ！　黒ずくめの烏みたいな男が。そいつが他のお役人に指図してた」

間違いない。八五郎を連行したのは火盗改の南雲だ。

弁之助は悔しそうな顔で頭を下げた。

「お春さん、申し訳ありません。私が余計なことを頼んだせいで、こんなことに」

　すると、春が突然怒り出した。

「先生！　あんた、何馬鹿なこと言ってんだい！」

「え？」

　戸惑う弁之助に、春は畳みかけた。

「忠吉さんは無実なんだろ？　だから忠吉さんを助けたいんだろ？　じゃああんたはちっとも悪くない。悪いのは、無実の忠吉さんをお縄にした役人だよ。うちの人だってあたしだって、あんたが正しいことをしてると思ったからこそ、喜んであんたを手伝ってるんじゃないか！」

「お春さん――」

　お春の言葉に、弁之助は一言もなかった。

「あんたのやることは、あたしに謝ることじゃないだろ？　忠吉さんが無実だってことを、はっきり証(あか)して見せることだよ。そしてこの世のまことを守ることだよ。罪もない人が捕まるなんて、そんな非道なことが絶対に起きない、みんなが安心して暮らせる世の中にすることだよ。そうだろ？　先生」

「わかりました、お春さん」

しっかりと頷く弁之助。

「私が忠吉さんの無実を証明できれば、八五郎さんもお咎めなしになるでしょう。必ず八五郎さんを連れて帰ります。約束します。だからお春さん、待っていて下さい」

そう言うなり弁之助は脱兎の如く駆け出した。火盗改の詰所は赤坂にある。

「頼んだよ、先生――」

お春が涙目で、走り去る弁之助の背中に手を合わせた。


白い息を吐き、明け方の道を走りながら、弁之助は考え続ける。

八五郎が忠吉を匿っていたことが、どうして火盗改にわかったのだろう？　八五郎が忠吉を匿っていたことを知っているのは、私の他に誰がいる？　八五郎さんの女房・お春さん、読売・天狗の辰三、元番頭・幸助さん、他に誰かいただろうか。

お春さんが旦那を売る筈がない。辰っつぁんは六日前に越後に行って、まだ江戸に帰っていない。幸助さんは忠さんを助けるために江戸に残り、日夜奔走していた人だ。忠吉も心から信頼している。じゃあ一体、誰が――？

そう言えば私は、黒川屋の焼け跡に行った時、誰かに見張られているような気配を感じた。そして七日前の夜天狗の辰三と話をしている時も、そいつが私と同じ長屋の八五郎が怪しいと睨み、火盗改に注進したのではないか？　なぜあの時、私はきちんと背後を確かめなかったのか。

何という不明、何という不省、何という不覚――。

弁之助は息を切らし、全力で走りながら、自分の愚かさを責め続けた。

其ノ十　てやんでえ

「いい加減に吐け！　忠吉を何処へ匿った？　隠し立て致すと命の保証はせぬぞ！」

畳床几に武者座りした火盗改同心・南雲慎之介が叫んだ。

その南雲の前で、後ろ手に縛られて土間に正座させられた男、大工の棟梁・八五郎だ。髪はざんばら、顔は腫れ上がり、身体中に無数の赤い蚯蚓腫れが浮いている。

その八五郎が、南雲を睨みながら叫び返した。

「てやんでえ、この唐変木！　役人だ侍えだって偉そうにそっくり返えりやがって！　二本差しが怖くて田楽が食えるか、気の利いた鰻なら四本も五本も差してらあ！　こちとら水道の水で産湯を使ったちゃきちゃきの江戸っ子なんだ、忠吉の居場所はたとえ口が裂けたって言うもんか！　さあ、殺せるもんなら殺して見やがれ！」

師走十四日、朝。赤坂にある火盗改頭・中嶋盛昌の屋敷内、与力同心詰所――。

「どうしても吐かぬと申すか。仕方がない」

溜め息をつく南雲。

「では、口を割るが早いか、命の尽きるが早いかだ。――続けろ」

「へ、へい！」

答えたのは、八五郎の背後に立っている、差口奉公つまり下っ引きの伊作。

伊作の手には、血塗れの箒尻。割竹二本を麻苧で包み、観世縒で巻き、持ち手を白革で巻いた棒。五十回も叩けば、どんな偉丈夫でも痛さのあまり失神するという。

「南雲様の言い付けだ。悪く思うなよ」

伊作は血塗れの八五郎の背中に、渾身の力でびしりと箒尻を振り下ろした。

「うぎゃあっ！」

激痛に耐え切れず、八五郎は絶叫した。

「まだ吐かぬか？　構わぬ、続けよ」

「へいっ！」

容赦なく振り下ろされる箒尻。びしりという肉の裂ける音。また苦痛に叫ぶ八五郎。

その時だった。

「その方何者だ？　名を名乗れ！」

「あ、こら！　勝手に入ってはならぬ！」

「待て！　待たぬか！　うわっ！」

「誰か、その者を止めろ！」

詰所の入り口のほうから、同心たちの叫び声と揉み合う音、それに人が床に倒れる音が聞こえたかと思うと、どどどどっという廊下を走る足音が近づいてきた。

「南雲ーっ！」

突然、がらりと引き戸が開き、弁之助が詰所に走り込んできた。

弁之助は床に転がっている八五郎を痛ましげに見下ろすと、背後に立っている伊作を睨み付け、さらにその目をきっと南雲に移した。

「南雲！　貴様らいつまで斯様に理不尽な詮議を続けるつもりか！」

「ほう。町人が武士言葉を使うとは、面妖な」

南雲は薄笑いを浮かべ、弁之助を見た。

「弁之助、遠からずお前もここに来るであろうと思っていた」

「そうか。この男だな？」

弁之助は横目でちらりと下っ引きの伊作を見た。

「黒川屋の焼け跡でも、家の戸口でも、誰かの気配を感じた。ここにいる貴様の手下だな？」

「焼け跡？　何のことだ？」

南雲が怪訝な顔で聞いた。

「確かに、伊作にお前の長屋を調べにいかせた。お前と八五郎なる大工が、忠吉を匿っているという密告があってな」

「密告？　誰がそんなことを？」

まさか忠吉を知る誰かが、八五郎と大工仕事をしているところを目撃したのでは。それで二人を尾行して、住まいの長屋を突き止め、火盗改に——。

「お前が知る必要はない」

南雲は斬り捨てるように言った。

「だが、黒川屋の焼け跡を伊作に見張らせた覚えはない。お前の気の迷いであろう。そうだな？　伊作」

伊作は箒尻を持ったまま、がくがくと頷いた。

「それより弁之助。これなる八五郎に忠吉を匿うよう依頼したのは、お前だな？」

南雲が鋭い目で弁之助を見ると、弁之助は怒りの表情で頷いた。

「如何（いか）にも私が八五郎さんに頼んだこと、八五郎さんに罪はない。今すぐ解き放て」

「ついに認めたか」

満足げに南雲が笑った。

「では弁之助、忠吉の居場所を吐け。吐けば八五郎への責めはやめてやろう」

「責めをやめるだけでは駄目だ。解き放てと言っている」

「それはできぬ。忠吉、八五郎、それに弁之助、貴様たち三人はどうあっても死罪だ。お定めに背（そむ）いた報いである。神妙にお縄を頂け、弁之助」

南雲が勝ち誇ったような笑みを浮かべた。

「まだわからぬか、南雲。貴様は間違っている」

弁之助は南雲を睨み付けた。

「このまま我々を殺せば、貴様は死ぬまで後悔するぞ」

「それで恫喝しているつもりか？」

鼻で笑う南雲。

「よく聞け、南雲」

南雲に向かって右手を出しながら、弁之助が言った。

「貴様が縄にした忠吉は、犯人ではない。真の犯人は他にいる」

「戯(たわ)けたことを申すな」

凄(すご)む南雲。構わず弁之助は続けた。

「南雲よ、貴様は無実の人間を拷問にかけ、無理やり罪を認めさせようとしている。このまま突き進めば、貴様は我ら三人を死罪にするだろう。しかし真実は、いつか必ず明らかになる。そうなった時、己(おの)が良心の呵責(かしゃく)に苦しむのは貴様自身だ。そしてその苦しみは一生涯続くことだろう。罪もない者を三人も殺したのだから」

「俺が、無実の者を殺そうとしているだと？」

南雲はわずかに動揺を見せたが、すぐに反撃に転じた。

「では聞くが弁之助、忠吉が犯人でなければ一体誰が犯人だというのだ？　黒川屋の大爆ぜの直後、隣家の屋根の上を若い男が走り去ったという。この者が黒川屋の厨子二階に火を放ち、主人の喜兵衛を爆死させた犯人であろう」

　黒川屋の元番頭・幸助が見たという人物だ。

「この隣家の屋根にいた男が、元鳶職で身が軽く、娘と別れさせられて喜兵衛を恨んでいた忠吉でなければ、一体何者だというのか？　それともお前には、俺の知らぬ真の犯人がわかっているとでもいうのか？」

　すると弁之助はこう答えた。

「まだ全てがわかった訳ではない。しかし、私は必ず真実にたどり着く。私は貴様ら火盗改ほど愚かではない」

「何だと？」

　怒りに歯を剝く南雲にも構わず、弁之助は続けた。

「真実は常に予想の裏側にある。だが貴様らは事象のほんの表層しか見ようとしていない。そのような愚者は、真の犯人に謀られ、操られるだけだ」

　弁之助は南雲を睨みつけながら、さらに辛辣な言葉を叩きつけた。

「貴様ら火盗改は、碌に事件の詮議をすることもなく、無責任な密告で無実の人を捕らえては、拷問で無理やり嘘の自白を引き出して犯人に仕立て上げる。斯くて貴様らは日々罪もない善人を殺し続ける。だから南北町奉行が檜舞台と誉めそやされるのに対し、貴様ら火盗改は田舎芝居と陰口を叩かれるのだ」

　かっと南雲は激昂した。

「おのれ、言わせておけば！　それ以上の罵詈雑言は捨て置かぬぞ！」

「貴様らは一生、真実を知ることはない」

　弁之助が冷ややかに言い捨てた。

「今後も真実に目を背けたまま、無実の者を殺し続け、血に塗れた人生を送るがいい」

「黙れ！　黙らぬと、斬る！」

　怒り心頭の南雲は、ついに腰の刀に手を掛けた。

「斬る、だと？」

　ついに弁之助の中で、ぼうと激しい怒りが燃え上がった。

　まだこいつら侍は、何でも刀で、畢竟力尽くで、無理やり言うことを聞かせようとするのか。真実の言葉に耳を傾けようともせず、武士という特権階級の力で、道理を理不尽に押さえ込み、捻じ曲げようというのか。

「ほう、刀を抜くか？　抜くんだな？　抜きやがるんだな？　抜きやがろうってんだな？」

突然、弁之助は尻端折りして腕組みし、どんと土間の上で胡座をかいた。

「てやんでえ、面白えや！　てめえ俺をどっから斬ろうってんだ、ええ？　肩から斬るか背中から斬るかそれとも首から斬ろうってのか？　こちとら斬って赤けえ血が出なきゃあ赤けえのと取り替えましょうってえ西瓜野郎だ、てめえなんぞに斬られるようなお兄さんとはお兄さんの出来が違うんでえ！　さあ、斬りたきゃすっぱり斬ってみやがれ！」

弁之助の口からすらすらと、八五郎から聞き覚えた啖呵が流れ出てきた。

「黙れ！　ええい、もう我慢ならぬ！」

そして南雲がついに刀の鯉口を切り、柄を握って抜こうとしたその瞬間。

「皆の者、何を騒いでおる！」

廊下の奥から、大きな声が響いてきた。

「それにその箒尻は何だ？　某は咎人への拷問を許可した覚えはないぞ！」

「と、殿様！」

入ってきた人物を見て、南雲、伊作、その他この場にいた火盗改方の全員が土間にひれ伏した。弁之助も立ち上がって裾を整え、改めて静かに平伏した。

現れたのは、江戸幕府先手頭にして火付盗賊改方加役、中嶋盛昌だった。

「その方は？」

じろりと弁之助を見下ろす中嶋盛昌。

「弁之助と申します」

床に平伏したまま答える弁之助。

「弁之助とやら、その方の言葉は先ほどから耳に入っておった。我ら火盗改が縄にせし者が、火付殺害の真の犯人ではないというのは、まことか？」

弁之助は低頭したまま答えた。

「はい。一度は自分が犯人であると自白しておりますが、その自白は非道な拷問に死の恐怖を覚え、心ならずも吐いてしまった嘘。忠吉は犯人ではございません」

「そしてその方は、真の犯人が誰か、存じておると申すのだな？」

再び平伏する弁之助。

「はい。存じております」

「我らが犯人を違え、無実の者を縄にしたと申すことは」

中嶋が弁之助をじっと見ながら言った。

「某以下火盗改方は皆、揃って虚気者であると申すことになるが、良いか?」

冷えた怒りの滲む言葉に、その場の一同がしんと静まり返った。

「お聞き下さい、中嶋様」

平伏したまま弁之助が口を開いた。

「如何なる賢者であろうと、人は過ちを犯すもの。よって詮議や吟味において最も重要なのは、無実の者を罪に陥れぬことです。それゆえ、吟味の場には、咎人を糺す者だけではなく、咎人を庇う者が必要なのでございます」

「庇う者、とな?」

意味がわからず、中嶋盛昌が当惑を見せた。

「そうです。もし忠吉の件、町奉行所での吟味に委ねて頂ければ、白洲では私が、その庇う者の役を負う所存です」

顔を上げ、中嶋盛昌の目を見据える弁之助。

「中嶋様。もし忠吉が無実であれば、忠吉を匿ったこれなる八五郎もまた無実。

このような、詮議という名の拷問は無用でございましょう」

無言で弁之助の言葉を聞く中嶋盛昌。

「そして忠吉は間違いなく無実、真の犯人は他におります。私めが忠吉の冤罪を証明して御覧に入れますゆえ、どうかこの件は町奉行所にて、私が連座した上で吟味するよう、中嶋様よりお取り計らい頂けないでしょうか」

ここで南雲慎之介が口を挟んだ。

「町奉行所で吟味せよと申しても、肝心の忠吉の居場所がわからぬのだ！　だからこれなる八五郎を問い詰めておったのではないか！」

弁之助が南雲を見た。

「忠吉の嘘の自白を取り消し、改めて奉行所にて吟味して下さるならば、忠吉は私がお白洲へ連れて参ります」

「そうれ！　語るに落ちたな、弁之助め！」

弁之助の言葉を聞いた途端、南雲は鬼の首でも取った顔で弁之助を指差した。

「やはりその方が忠吉を匿いし張本人であった。いざ、神妙にお縄に就け！」

「待て！　南雲」

中嶋盛昌が南雲を制し、弁之助に話しかけた。

「弁之助よ、その方の言いたいことはわからぬではない。だが、諦めよ」

弁之助の目が、すうと細くなった。

「何故でございます？」

「我らの詮議において罪を自白した者を、再び奉行所で吟味した前例はない。また、奉行所と犯人以外の者が吟味に立ち会ったという前例もない。前例なきことは、行う訳にはいかぬ」

前例、前例、前例、前例――。

前例がないと物事は進まないのか。それでは新しい試みは、永久に行われることがないではないか。怒りを堪えながら、弁之助は中嶋盛昌の言葉を聞いた。

「そして弁之助、今すぐ忠吉の居場所を白状せよ。さすれば我らとて鬼ではない、悪いようにはせぬ」

この言葉が何の保証にもならないことは、言うまでもない。

「そうですか。やむを得ません」

ふうと溜め息をつくと、弁之助は顔を上げ、居住まいを正した。

「では、此度の件を大御所様に御注進申し上げ、本件を町奉行所の吟味に委ねるよう、大御所様より直々に御指図頂くことに致します」

「おおごしょ？」

その言葉の意味を思い出した瞬間、中嶋康潤は目を大きく見開いた。

「お、大御所とはまさか、本年譲位された八代将軍、と、徳川吉宗公？」

その声に、南雲はじめ火盗改の同心たち全員が凍り付いた。

「その方、畏れ多くも先の征夷大将軍・徳川吉宗公に注進致すと申すか？」


江戸幕府、第八代征夷大将軍・徳川吉宗――。

火消制度の整備、小石川養生所の設立、目安箱の設置、人足寄場の開設など、「享保の改革」と呼ばれる政策を次々と行い、今も名君と讃えられる稀代の将軍である。

幼少期より法律に関心を持ち、中国明代の法律『明律』を学んだ吉宗は、自らこの基準書の編纂に指示を出し、各条文案を全て確認して意向を盛り込んだ。寛保二年（一七四二年）に成立後も、引き続き判例の追加・訂正を行い、『公事方御定書』として完成を見るのは、この時から九年後の宝暦四年（一七五四年）のこととなる。

まだ武士であった時、この「公事方御定書」の編纂に携わった弁之助は、作業を進める中で幾度も江戸城に呼ばれ、文案について質問する吉宗と直接言葉を交わし、議論した。その時は緊張の極に達し、まさに心の臓が止まる思いであったが、少なくとも吉宗も、貴田公勝なる若き武士がいたことは認識しているのではないか。

しかしながら弁之助にしても、吉宗に注進できるまで親しくなった訳ではない。忠吉の吟味を町奉行所で行うよう、前将軍の吉宗に指示してもらうというのは、もしもばれたら死罪もあり得る、弁之助が打った一か八かの大博打、一世一代の「はったり」である。

「その方、何者だ？　ただの町人ではあるまい」

中嶋盛昌が動揺を隠せない声で聞いた。

「元の名は貴田公勝、前熊本藩主・細川宣紀が一子にして、元北町奉行所・吟味方与力。大御所であらせられる徳川吉宗公とは、かつて公事方御定書の編纂において、勿体なくも膝を交え論を戦わす光栄に恵まれ、有り難きことに現在もなお、親しく御交遊頂いている間柄にございます」

そして弁之助は、にこりと笑って見せる。

「もっとも今は刀を捨て、長屋の子供たちに読み書きを教える手跡指南ですが」

南雲が血相を変えて割って入った。

「殿様！　大御所様と懇意であるなど虚言妄言の類、信じてはなりませぬ！」

中嶋の身体から、嫌な汗が滲み出た。

この弁之助なる者の言葉は、本当なのか――？

元は細川家の武士であったのも、公事方御定書に関わった履歴も本当かもしれない。しかし、今も大御所と交遊があるとはどう考えても信じ難い。おそらく十中八九は口から出任せ、大嘘であろう。

しかしながら、まさか大御所にそれを聞く訳にもいかず、この男と大御所の関係を確かめる手段はない。

もし仮に万が一、本当に今も大御所と通じているとしたら大事。もしここで弁之助の願いを却下し、後にそれが大御所の耳に入ってお怒りを買った時には、自分にどのような厳罰が下されるかもわからない。

どうしたらいい――？　火盗改頭・中嶋盛昌は迷いに迷った。この弁之助なる者の話を信じるか、信じないか、どちらがのちに降りかかる禍根が大きいのだ？

そして迷いに迷った末、中嶋盛昌はついに決断した。

この男を信じることも、信じないこともできないのであれば、ここは一つ、この男に謀られたふりをして、全ての判断を町奉行所に丸投げする。これが唯一の良策ではないか？　さすれば自分が責任を問われ、咎を受けることもあるまい――。

「良かろう」

そして中嶋は、周囲を見回しながら宣告した。

「黒川屋が大爆ぜ及び主人殺害の一件、町奉行所に再吟味を要請し、忠吉が身柄を町奉行所へ送り渡す。匿いし八五郎については、その吟味の沙汰を見て判断する」

この言葉に一同からどよめきが起こった。

中嶋盛昌は弁之助に目を移した。

「そして弁之助。その方も吟味の白洲に連座が叶うよう、町奉行所へ進言する」

「中嶋様、ありがとうございます」

上手くいった――。

土間に両手を突いて平伏したまま、弁之助は密かに安堵の息を吐いた。

そして弁之助はすぐに身を起こすと、土間に倒れている血塗れの八五郎に駆け寄り、自分の羽織を脱いで掛け、確と抱き抱えた。

「八五郎さん！　大丈夫ですか？　私がわかりますか？」

「せ、先生。来てくれたんだな？」

満身創痍(まんしんそうい)の八五郎が、辛うじて声を出した。

「遅くなってすみませんでした、八五郎さん」

「先生、俺ぁ、忠吉のことは、何(なん)にも、喋らなかったぜ」

途切れ途切れの八五郎の声に、弁之助も何度も頷いた。

「わかってます。本当にありがとうございます」

「ほうら先生、まただ」

八五郎が弁之助を睨んだ。

「すまねえな八っつぁん、ありがとよ、だろ？」

「はい。すまねえな八っつぁん、ありがとよ、でした」

「ああ。それと先生」

八五郎は、腫れて半分塞がった目で弁之助を見た。

「おめえの啖呵、惚(ほ)れ惚(ぼ)れしたぜ。江戸っ子らしくなったじゃねえか。その調子だ」

八五郎はにやりと笑うと、安心したのかそのままがくりと気を失った。

弁之助は、脇に立っている南雲を見上げた。

「お医者を読んでくれませんか。もう詮議は終わった筈です」

「誰か、医者を呼べ！」

忌々しげに南雲が叫んだ。若い同心の一人が慌てて奥へ走っていった。

「弁之助よ、忠告しておく」

中嶋盛昌が、八五郎を抱き抱える弁之助に声をかけた。

「もし、町奉行所での吟味にて、忠吉を無実とする証が立たず、我々火盗改が過誤を証明すること能(あた)わぬ場合」

「はい」

弁之助は中嶋を見た。

「忠吉は再び捕縛(ほばく)され、火付の罪に牢脱けの罪を加重、最低でも獄門(ごくもん)となろう。忠吉を匿いし八五郎もまた、同じ罪状となろう」

獄門とは、斬首にしたのちに首を獄門台に載せ、二晩三日の間晒(さら)すという刑罰。財産は没収、死体は試し斬りに使われ、埋葬や葬儀も許されない。

「そして弁之助よ。その方(ほう)もまた犯人を匿いし罪、幕府を誹謗(ひぼう)せし罪、そして畏れ多くも大御所の御名(おんな)を私利(しり)に用(もち)いし罪により、おそらくは鋸挽となろう」

鋸挽とは、死罪の中でも最も重い刑。土中に埋めた狭い箱に罪人を入れ、枷（かせ）を施した首だけを地上に出させ、首の両脇に竹鋸と鉄鋸を置き、二晩三日の間衆人に晒す。実際に首が鋸で挽かれることはない。その後市中引（ひ）き廻（まわ）しの上、刑場で磔（はりつけ）に処す。財産没収、試し斬り、埋葬・葬儀なしは同じ。

「覚悟はよいな？　弁之助」

「承知しました」

弁之助は八五郎を抱いたまま、深々と頷いた。

大変なことになってしまった——。弁之助は心の中で溜め息をついた。

町奉行所で事件の吟味を行うことになったのはよかったが、忠吉の命ばかりか、八五郎と自分の命まで懸ける羽目（はめ）になってしまった。

しかし、人を庇うとは、代わりに己の身を危険に晒すことなのだ。そして公事方御定書の編纂に携わった者の一人として、法の運用に命を懸けるのは当然のことなのだ。そう弁之助は覚悟した。

「よろしい」

頷く中嶋盛昌。

「八五郎への折檻（せっかん）は許せ。医者による治療を施した後、この屋敷内にて静養させる。さらなる詮議は行わぬゆえ、安心せよ」

「ありがとうございます、中嶋様」

弁之助は謝意を込めて頭を下げた。

「では弁之助よ。町奉行所での吟味、楽しみにしておる」

そう言うと中嶋盛昌は踵（きびす）を返し、屋敷の奥に消えていった。

其ノ十一　誰(た)ぞ彼時(かれどき)

師走十五日。

弁之助が火盗改頭・中嶋盛昌の屋敷へ殴り込んだ、その翌日。

とっぷりと日が暮れた、誰(た)ぞ彼時(かれどき)──。


「旦那」

薄暗い道を歩いていた町人の中年男が、後ろからぽんと肩を叩かれた。

振り返ると、遊び人風の若い男がにこにこしながら立っている。

「何か、私に用かい？」

警戒しながら中年男が聞いた。

「落としやしたぜ」

若い男は中年男に、手に持っていたものを差し出した。

それは中年男の紙入れだった。うっかり落としてしまったのを、この若い男が拾ってくれたようだ。

「ああ、これはどうも。ありがとう、助かったよ」

慌てて受け取る中年男。

「なあに、いいってことよ」

若い男は笑いながら小さく頷いた。

「気を付けなよ、大事なもんを失くさないようにさ」

「あ、ああ」

中年男も頷いた。

もう一度中年男の肩をぽんと叩くと、若い男は踵を返して歩き出した。

「惚れてぇ〜通えばぁ〜、千里ぃ〜も、一里ぃ〜、か」

小唄に似た珍しい調子の歌を唄いながら、若い男は薄闇の中に消えていった。

中年男は急いで紙入れを開き、中を確かめた。

金も書付も、何もなくなっていない。

ほっとした中年男は、紙入れをそそくさと懐に仕舞うと、早足に歩き始めた。

そして中年男の姿は、宵闇の中へと溶け込み、やがて見えなくなった——。

其ノ十二　金魚鉢二つ

師走二十日、巳の刻、朝四ツ。

江戸城、常盤橋御門内、江戸幕府・北町奉行所——。

江戸町奉行所は南北二つあるが、偶数月の吟味を担うのが北町奉行所だ。その奉行所内にある白洲で、黒川屋への火付と主人・喜兵衛殺害の咎で、忠吉の吟味が始まろうとしていた。なお、白洲とは土間に白い玉砂利を敷いた奉行所の建物内にある大広間で、中庭などの屋外ではない。雨天時にも吟味はあるからだ。裁許所という白洲に面した一段高い部屋に、既に北町奉行・能勢肥後守頼一が出座していた。矢筈十文字紋の熨斗目紋付小袖、長裃の肩衣、長袴という異例の正装。小袖の下は襲も襦袢も白。腰に殿中差の小刀、右手に殿中扇。

通常、奉行が自ら白洲で結審を言い渡すのは、遠島以下の罪状に限られる。今回は死罪相当の放火殺人であるため、奉行の白洲への出座自体が異例と言える。

これも全て、弁之助という「庇う者」が罪人に連座するという、吟味の歴史上、前代未聞の異常な事態に対し、奉行が一部始終を見届ける必要を感じたからである。

奉行の両側には吟味方与力が二名。それに警護の与力見習が二名。さらにその背後には、吟味を監察する小人目付と徒目付、書記の書役同心。白洲には罪人が逃げぬよう六名の陪席同心・蹲踞同心が配置され、両脇と出入り口に控えている。

吟味では通常、白洲の玉砂利の中央に筵が敷かれ、そこに罪人が一人で座る。そして奉行の監視の下、吟味方与力が裁許所より尋問し、罪状と量刑が決定される。町奉行も吟味方与力も奉行所の人間であるから、如何に町奉行が中立であろうと努力しても、完全に中立の立場であるとは言い難い。

白洲で裁かれる者は、本来はまだ「疑わしき者」であって罪人ではない筈なのだが、捕縛された瞬間から既に罪人と見做されている。そのため白洲においても、後ろ手に縄で拘束されている。

つまり吟味では、罪人を捕らえる側である奉行所の詮議のみによって、罪人に判決が下されるのだ。

しかし今回は、弁之助が「庇う者」として忠吉に連座することが許された。そのため、白洲での人間の配置も、通常とはがらりと異なっている。

裁許所に向かって中央右側には茣蓙が敷かれ、火盗改方同心の南雲慎之介が正座している。今回吟味される黒川屋の火付殺人を捜査し、忠吉を捕縛したため、証人として召喚されたのだ。そのさらに右側の板壁には、突棒、刺股、拷問用の抱き石など、責め具が威圧的に並べられている。

白洲の中央の玉砂利は、茣蓙が敷かれたまま空けられている。ここは吟味に呼ばれた他の証人が座り、申し述べる場所となる。

白洲の中央左側には、いつも通りに玉砂利に筵が敷かれ、そこに忠吉が後ろ手に縄を打たれて正座している。その忠吉の背後にも茣蓙が敷かれ、「庇う者」として弁之助が座っている。

そして、さらに弁之助の背後に敷かれた茣蓙には、弁之助が同座を願い出て特別に許可された、黒川屋の元番頭・幸助が座っていた――。

町奉行所で忠吉の吟味を行うと決定した、その日の夜。弁之助は神田岩本町にある幸助の長屋を訪ねた。

「幸助さん。忠吉さんの吟味が、改めて北町奉行所で行われることになりました」

「何と、そうですか」

幸助は意外そうに目を見開いた。

「しかし、聞くところによると、火盗改は奉行所での吟味を経ることなく、老中様のご裁可で罪人を裁定するとのことでしたが」

弁之助は経緯を説明した。

「私が火盗改頭の中嶋盛昌様にお願いし、奉行所での吟味をお願いしたのです。そうしたら中嶋様が、この件を奉行所に一任するよう取り計らって下さいまして」

前将軍・徳川吉宗の名を出して火盗改を脅したことは、幸助には黙っておいた。

「それで、幸助さんにお願いがあるんです」

「私に？　何でしょう？」

「忠吉さんの人柄をよく知る者として、幸助さんもお白洲に並んでほしいのです」

「でも――」

幸助は逡巡を見せた。

「私が隣家の屋根にいる人影を見てしまったせいで、さらに忠吉が疑われることになってしまいました。私がお白洲に参りましたら、却って忠吉のためにならないのでは――」

「そんなことはありません。それに、黒川屋で可愛がって下さった幸助さんがいることで、忠吉さんの心細さが少しでも軽くなれば」

「そうですか。では、喜んでお供させて頂きます」

こうして幸助も、弁之助とともに白洲に連座することになったのだった。

この男が、弁之助か――。

裁許所に座した北町奉行・能勢肥後守頼一は、罪人・忠吉の背後に座る弁之助を見下ろした。そして火盗改頭・中嶋盛昌からの報告を思い返した。

「その弁之助なる者、忠吉は無実にて、真の犯人は別にいると申すのだな？」

北町奉行・能勢頼一が聞いた。

「はい。町奉行所の白洲にて明らかにすると」

火盗改頭の中嶋盛昌が苦々しげに答えた。

「しかも黒川屋の火事は、焔硝を使用せずして大爆ぜを起こしたものと言い放ち、その絡繰(からくり)も見抜いていると申しました」

それを聞いた奉行の能勢頼一は、不機嫌そうに聞いた。

「弁之助なる者は、それを火盗改が詰所では明かさなかったのか？　吟味が行われるまで隠し立て致すとは不届き千万。その方もなぜ、その場にて語らせなんだ？」

「それがその、お奉行様」

言いにくそうに中嶋盛昌が答えた。

「もし、町奉行所にて吟味を行い、かつ自分の白洲への連座を認めねば、畏れ多くも大御所様に御注進し、御指図頂くと」

「何、大御所とな？」

奉行・能勢頼一が眼を剝いた。

「その男、先の将軍・徳川吉宗公へ注進できるほどに懇意(こんい)であると申すか？」

「はい。この弁之助なる者、今は町人でございますが、元は貴田公勝なる武士にて、前熊本藩主が一子、かつ吉宗公直下、公事方御定書の編纂に関わりし者である由。であれば、強ち虚言とも言い切れず――」

当時、公事方御定書の編纂を直接指揮したのは、前任の北町奉行にして、現在は大目付の石河土佐守政朝。真の話かどうかを石河政朝に尋ねたところ、貴田公勝なる元吟味方与力をよく覚えており、かつ「非常に有能な男であったが、刀を捨てたと聞く。まっこと勿体なきこと」と惜しんでいた。

貴田公勝あるいは弁之助なる者が、本当に吉宗公と懇意であるのか、それは今もって不明である。だが、まさか吉宗公に真偽を問い質す訳にもいかず、弁之助の連座を却下した後、吉宗公の怒りを買う危険も冒せない。

こうして北町奉行・能勢肥後守頼一もまた、やむなく弁之助の白洲への連座を認めたのだった。

このお白洲が、命の瀬戸際――。

白い玉砂利の庭を見回しながら、弁之助は考えていた。

ここを出る時、忠吉を待っているのは暖かい我が家か、それとも吹きさらしの獄門台か。全て私にかかっている。そして私は、忠吉が転がり込んできた夜、確かに忠吉に約束した。私があなたを庇いましょうと。その約束を、今こそ果たさなくてはならない。私以外、忠吉を助けられる者はいないのだから。

獄門寸前の罪なき者、この弁之助が庇ってみせる――。


裁許所に座した吟味方与力が、高々と声を上げた。

「これより、漆問屋・黒川屋への火付、並びに主人・喜兵衛殺害の件、吟味致す」

それを合図に、奉行の能勢頼一が白洲を見下ろしながら口を開く。

「元黒川屋が手代、忠吉」

「は、はい」

忠吉が後ろ手に縄で縛られたまま、蚊の鳴くような声で返事をした。

その忠吉を、弁之助は背後から、心苦しい思いで見ているしかなかった。

忠吉がこの白洲に座るまでには、ひと悶着（もんちゃく）あった。

弁之助は奉行所との相談の上、吟味の三日前に、四谷にある八五郎の師匠宅に匿われていた忠吉を、垂を降ろした四つ手駕籠で奉行所に連れてきた。だがいきなり、どこに潜伏していたのかと吟味方与力にしつこく聞かれた。

八五郎の師匠に累が及ぶのを恐れた弁之助は、それには頑として応じず、忠吉に有罪の沙汰が下されたら明かす、どうしてもと言うなら大御所様に許可を取ってこいと言って突っぱねた。だがこれで弁之助は、八五郎の師匠の命までも預かることになった。

吟味方同心は忠吉をたちまち捕縄で縛り上げた。弁之助は、吟味はこれからで沙汰も下っていないのに、なぜ忠吉を罪人扱いするのか、縄を打つのはおかしいと強く抗議したが、「決まりである」とのひと言で一蹴された。そして忠吉は、吟味までの三日間、奉行所内の仮牢で拘束されることになったのだ。

「申し訳ありません、忠さん。少しの辛抱です。必ずこの縄を解いてあげますから」

引き立てられていく忠吉に、弁之助が声をかけると、忠吉は不安に押し潰されそうな顔で頷いた。

「お願いいたします。弁之助さんだけが頼りです」

そして二人は三日後の今日、白洲での吟味に臨んだのだった――。

「盗賊並火付方御改同心、南雲慎之介」

奉行・能勢肥後守頼一は開口一番、南雲の名を呼んだ。

「ははっ！」

平伏した南雲に、奉行はこう言い渡した。

「此度の一件の詮議は、町奉行所ではなく火盗改にて行われた。ついてはその方から罪人の咎について申し述べよ」

「畏まりました」

再び平伏した後で南雲は顔を上げ、忠吉を見て喋り始めた。

「これなる元黒川屋が手代・忠吉は、昨年、黒川屋喜兵衛の一人娘・花に懸想し、婚姻を願うも喜兵衛に許されず、その花は昨年秋長月に死亡。さらに火事の数日前には、奉公中の手落ちに対し、喜兵衛より強く叱責を受け、より恨みを募らせ、ついに喜兵衛の殺害を決意。

そして霜月二十日が早朝、店の厨子二階に盗んだ焰硝を仕掛け、火を放ちて大爆ぜを起こし喜兵衛を爆殺、店も全焼に至らしめました。さらに師走三日、収監されし伝馬町牢屋敷が火事となり、一時切り放たれた折、戻らず逃亡致しました。以上、窃盗、火付、殺人、牢脱けの咎につき、我々火盗改が捕縛仕りました次第にございます」

「うむ」

奉行は頷くと、忠吉を見下ろした。

「忠吉とやら。以上、然と相違ないか？」

「お奉行様、私そんな恐ろしいこと、本当にやっちゃいないんです！」

縛られたまま身体を前に乗り出し、忠吉が叫んだ。

「何にもやっていないのに、いきなりお役人の詰所へ連れていかれて、白状せよと硬い棒で何度も何度も殴られました。痛くて痛くて堪えきれず、頭から血が流れ始めて、段々気が遠くなってきて、このままじゃ殺されると怖くなって、それで、やってもいないのにやりましたと嘘を吐いてしまったんです」

必死の表情で、忠吉は述べ続けた。

「牢屋に入れられた後、その牢屋が火事になって、必ず戻れというお言葉とともに切り放たれました。でも、戻ったら人殺しにされて死罪になる。私が死罪になったら、身体の弱いおっ母さんも面倒見る人がいなくて死んでしまう、そう思ったら戻れなくて、つい、そのまま逃げてしまったんです」

「あ、あの、お奉行様」

弁之助の背後にいる幸助が、緊張の顔で平伏したまま口を開いた。

「私、元黒川屋の番頭・幸助と申します。一言よろしいでしょうか」

「構わぬ。申してみよ」

奉行の許しが出て、幸助はようやく顔を上げた。

「ありがとうございます。お奉行様、忠吉は火付や人殺しができるような男ではございません。本当に真面目で、虫も殺せないような男でございます。私は番頭として日頃から目を掛けておりましたので、忠吉の優しい心根はよくわかっております。どうか、今一度のお調べ直しをお願い申し上げます」

続いて弁之助が口を開いた。

「御畏れながら、お奉行様」

ついに来おったな、弁之助――。

そう思いながら、奉行・能勢頼一は弁之助に言った。

「苦しゅうない。申せ」

「では」

弁之助は深々と平伏した後、顔をまっすぐ上げて喋り始めた。

「これなる忠吉は、火付・殺人の犯人ではありません。真の犯人は別におります」

ぴん、と白洲に緊張が走った。

火盗改の言葉を全て否定する言葉。忠吉を捕縛した南雲の顔に、たちまち怒りが浮き上がった。しかしそれに構わず弁之助は続けた。

「そのことを、これより埒証（らちあかし）してお目にかけたく存じます。少々お時間を頂戴しますが、よろしいでしょうか？」

「よかろう。見せてみよ」

奉行・能勢頼一が答えた。流石（さすが）は奉行と言うべき度量の広さとも思えるが、実は弁之助が次に何を言い出すのか、気になって聞かずにはおれなかったのだ。

「ありがとうございます。それではまず、黒川屋の大爆ぜは如何にして起きたのか、それをご説明申し上げます」

弁之助は姿勢を正し、奉行・能勢頼一を見上げながら喋り始めた。

「火盗改の事検（ことあらため）では、忠吉がいずこからか焔硝を盗み、火を放って大爆ぜを起こしたとされております。ですが、実はあの大爆ぜでは焔硝は一切使用されておりません。それを裏付ける証人を呼んでおります」

弁之助は白洲の右側に隣接した、大砂利と呼ばれる控所を向いて叫んだ。

「おおい、頭領！　こっちへきて下さいませんか！」

隣接する大砂利に控えていた一人の男が立ち上がり、玉砂利の中央にある空いた場所にやってきて正座し、一礼した。鎌○ぬ柄の半纏、黒の股引という鯔背な姿。町火消「よ組」の頭領、長次郎だ。

「頭領。あの黒川屋の大爆ぜは、焔硝で起きたものですか？」

弁之助が右側の長次郎に尋ねた。

「違うな」

長次郎は即座に首を横に振った。

「焔硝が爆ぜて起きた火事なら、煙に焔硝特有の臭いが混じる。でもあの火事じゃ焔硝の臭いはしなかった。だから燃えたのは焔硝じゃねえ。火消二十年の俺が請け負うよ」

「頭領ありがとうございます。お忙しい中、すみませんでした」

礼を言う弁之助。長次郎はにっこり笑って立ち上がり、大砂利へと戻っていった。

「貴様ら、戯けたことを申すな！」

火盗改の南雲が声を荒らげた。

「焔硝以外で大爆ぜなど起きる訳がない！　焔硝でなければ一体何が爆ぜたと言うのだ！」

「南雲、控えよ！」

裁許所の吟味方与力が叱責した。渋々黙り込む南雲を見ながら、弁之助が口を開いた。

「焔硝でなければ、一体何があのような大爆ぜを起こしたのか。それを今から、実際に御覧に入れます」

弁之助は白洲の後方を振り返り、ぱんぱんと手を叩いた。

「中間の方々、お預けしたものをここへ！」

白洲最後部の引き戸ががらりと開き、二人の中間が入ってきた。どちらも大きな四角の釘抜紋を染め抜いた黒い半纏姿。二人は向かい合い、それぞれの両手で戸板の両端を、担架のように持っている。

戸板には、透明な硝子でできた直径一尺ほどの金魚鉢が二つ載っていた。一つは水が一杯に張ってあり、赤白模様の金魚が一匹泳いでいる。もう一つは、空のまま口に粘土で厚く蓋をし、逆さに伏せてある。中間二人はその金魚鉢二つが載った戸板を、白洲の一番前方、裁許所の端にある二段の板縁の前に置いた。

「その金魚鉢は何であるか？」

奉行の能勢頼一が不審げに聞いた。

「はい、只今よりご説明申し上げます」

そう言うと弁之助は、懐から蠟燭と細い筆を取り出した。

「すみませんが、こちらの蠟燭に火を頂きたく」

弁之助が脇に控えた警護の同心に頼むと、一人が手焙を運んできた。弁之助は礼を言い、手焙の中の炭火で蠟燭に火を灯した。その蠟燭を、蠟を垂らして戸板の端に立てた。

次に弁之助、細い筆を手に取って奉行に見せた。

「この筆、筆軸は女竹で作られていて中は空洞です。この筆軸だけを使います」

そう言うと弁之助は、筆から穂首と尻骨を抜き、筆軸を細い筒にした。

「では、第一の実検分を始めます」

弁之助は伏せた空の金魚鉢を持ち上げ、下から粘土の蓋に筆軸をぷすりと挿し込んだ。

それから、下を向いた筆軸の穴を指で塞ぎ、ゆっくりと上下をひっくり返した。

そして、もう片方の手で蠟燭を取り、筆軸の穴を塞いだ指を外し、火を近づけた。

すると筆軸の先から、ぼうと青白い炎が燃え上がった――。

「おお！」

「何と！」

「燃えた！」

奉行以下、裁許所と白洲にいる人々が、口々に驚きの声を上げた。

「何と奇っ怪な、何も入っておらぬのに火が燃えるとは！　如何なる絡繰ぞ？」

奉行・能勢頼一が叫んだ。その顔には激しい動揺が見て取れた。

「何もないのに燃える筈がない！　それは手妻か？　それともまさか妖術か？」

火盗改の南雲も、焦りの表情で弁之助を問い詰めた。

「手妻でも妖術でもございません」

両者を順に見ながら、弁之助が冷静に答えた。

「この金魚鉢、空のように見えますが、実はあるものが満ちているのです。目に見えない、激しく燃えるものが、です」

「目に見えない、激しく燃えるものだと？　左様なものがあるのか？」

奉行が答えを促した。

「申せ。その金魚鉢には、一体何が入っていたのだ？」

弁之助は平伏して答えた。

「『燃ゆる気』でございます。風草生水とも言います」


燃ゆる気、または風草生水、風臭水とも言う。地の下より噴出する、火を放てば燃え上がる気のこと、即ちのちに言う「天然瓦斯」である。

弁之助はこの目に見えない「燃ゆる気」を金魚鉢の中に満たし、粘土を何層にも重ねた蓋で封じていたのだ。実は粘土は、高い気密性を持つ。

「燃ゆる気、とな？」

当惑しながら鸚鵡返しに聞く奉行に、弁之助は頷いた。

「はい。この燃ゆる気は、黒川屋の焼け跡にある井戸跡から採取しました。危険なので、既に井戸は埋め戻しましたが」

「黒川屋の井戸から？」

　相変わらず奉行は、狐につままれた顔をしている。

「火消の長次郎さんが、焔硝の臭いはしなかったと断言されたように、真の犯人は焔硝など使用しておりません。この燃ゆる気を、ある方法で、黒川屋の主人・喜兵衛さんが就寝している厨子二階に充満させ、火を放って大爆ぜを起こし、喜兵衛さんを爆殺、黒川屋を全焼させたのです」

　ますます混乱する奉行。

「燃ゆる気とは何だ？　いや、そもそも気とは何なのだ？」

「ええと、何から申し上げればよいのやら」

　一から説明するしかないか——。弁之助は覚悟を決めて話し始めた。

「お奉行様。我々の周囲には何もないように、即ち空であるかのように思えます。ですが実は、目に見えない、極めて軽いものが満々と満ちているのでございます」

「目に見えない、極めて軽いもの——」

　奉行が当惑したまま呟いた。

「そうです。お奉行様、こちらにある、もう一つの金魚鉢を御覧下さい」

もう一つの金魚鉢には水がいっぱいに入っており、金魚が尻尾を振りながら泳いでいる。

「魚は水の中にいないと息ができず、生きていけません。我々もまた、この見えないものの中にいないと息ができず、生きていけないのです。この世の中を満たしている、目に見えず極めて軽いものを、気と申します。疝気や元気など気配や気分のことではなく、目に見えないが実際にそこにある、非常に希薄な物体のことです」

「その方が申す気とは、極めて希薄な水のようなものなのだな？　目には見えないが、それがこの世に満ち満ちていると」

奉行の問いに、嬉しそうに弁之助が頷いた。

「流石はお奉行様。言い得て妙でございます。水が動けば流れとなるように、気が動けば風となります。まさに希薄な水のようなものです。この気を、空を満たしている気という意味で、空気と呼ぶことにいたします。我々を始めとする生き物は、この空気を吸うことで命を保っているのです」

「くう、き――」

奉行が不思議そうに呟き、両手を虚空に伸ばして空気を摑もうとした。だが、気体である空気は、手で摑めるものではない――。

空気の存在については、すでに百年も前に指摘されている。最初に言及したのは、江戸時代初期の禅僧・沢庵宗彭と言われる。

沢庵は自文『実理学之捷径』中で「気は形なけれども、歴々としてあるしるしには、気が動けば風が吹くなり。人の強く走りて気が動けば、息は強くなるごとくなり」と書いた。また随筆集『東海夜話』では竹鉄砲に触れ、紙玉が飛ぶ理由として「先の玉と後の玉の間は空なれども、その間には気が満ちてあるゆえなり」と書いている。

空気という言葉が初めて気体の意味で使われたのは、蘭学者・前野良沢の『管蠡秘言』の中である。良沢は「空気の地球を包む者にして、その厚さ地平より上四十五度の分に及ぶ。これを空の体と号す」と、空気の層の存在にも言及している。

「そして、お奉行様」

弁之助の説明はさらに続いた。

「我々が吸っているこの空気以外にも、気には様々な種類があります。その一つが、燃ゆる気なのです」

そして弁之助は、右手の大砂利に向かって叫んだ。

「おおい辰っつぁん、こちらへ！」

すると若い男が周囲を見回しながら、用心深い足取りで白洲の中央に入ってきた。いつでも逃げられるようにしているのだろう。読売の、天狗の辰三だ。

弁之助が辰三に聞いた。

「辰三さん。あなたは私の依頼で、越後の黒川に行ってくれましたね？」

「おう、行ってきた。全く疲れたぜ。往復で十日も歩き通しだったからな」

口を尖らす辰三に苦笑した後、弁之助は一同に向かって補足した。

「越後の黒川は、黒川屋の主人だった喜兵衛さんの出身地です。この地名が黒川屋という屋号の由来になったとのことです」

そして弁之助は、再び辰三に聞いた。

「それで辰三さん。黒川とはどんな所でしたか？」

「いや、驚いたぜ。この日本にあんな所があるとはね」

辰三はあきれたように首を左右に振った。

「黒川の旅籠(はたご)に着いて、足袋(たび)を履(は)き替えようと盥(たらい)の湯で足を洗ってると、いきなり女中が聞くんだよ。『お客さん。おめもここさ、くそうず見にきたかね？』ってな。それで俺が『くそうずって何だい？』って聞いたら、『くそうずは臭(く)そうて真っ黒(く)れえ水でな、こいつが水のくせに燃えるんだ、見りゃあおめもおっ魂消(たまげ)っから』って」

「くそうず、とな？」

奉行が怪訝な顔で眉を寄せた。弁之助が頷いた。

「先ほど、燃ゆる気の別名を風草生水(かぜくそうず)と申し上げました。この言葉の元になったのが臭水(くそうず)です。地下から湧き出し、火を放てば燃える水。実は水と言いながら油で、つんと鼻を突く臭いを発し、色は真っ黒です。この臭水が渾々(こんこん)と湧き、川に流れ込んで川面(かわも)を覆い、川の水が真っ黒に見えたため、この地が黒川と呼ばれるようになったそうです」

弁之助はまた辰三に向き直った。

「辰三さん、それであなたは、その臭水という燃ゆる水を見に行ったんですね？」

「おう、行ったとも。商売柄、珍しい話にゃ目がねえからな。——おっと、俺っちの商売が何かは聞かねえでくんな」

辰三の商売である読売は、幕府に禁止されている。

「そうしたらよ、燃ゆる水だけじゃなかったんだ。黒川じゃあ山や川や畑から、それに水を汲む井戸からも、燃ゆる水、燃ゆる土、燃ゆる気が出てるんだ。黒川の人は、みんな家ん中に竹筒で燃ゆる気を引いて、煮炊きや手焙、行灯なんかに使っててな。便利なもんだぜ、銭もかからねえしな」

江戸ではまだ知る者もほとんどいないが、黒川は大昔から燃ゆる水、燃ゆる土、燃ゆる気を産出する土地として越後では有名だった。

やがて江戸時代も進んでいくと、徐々に江戸でも知る人が増えてくる。橘崑崙が著した『北越奇談』には、越後の「古の七奇」の中に燃ゆる土と燃ゆる水が登場する。挿絵を担当するのが浮世絵画家・葛飾北斎で、燃ゆる気を使っている民家の家炉で、竹筒の先から炎が燃え上がる様子を描くことになる。

「ありがとう、辰っつあん」

天狗の辰三を労うと、弁之助は奉行に向き直った。

「燃ゆる水、燃ゆる土、そして燃ゆる気。お奉行様、ご存じでしたでしょうか」

「いや、知らなんだ。左様なものがあったとは」

奉行の言葉に頷くと、弁之助は続けた。

「越の国は一千年以上も前、天智天皇に、黒川で産する燃ゆる土と燃ゆる水を献上しました。その様子が『日本書紀』の第二十七巻に記されております」

「今度は『日本書紀』とな――」

次々と繰り出される弁之助の知識に、奉行の能勢頼一は眩暈を覚えた。

秋七月、高句麗が越の路で使を遣して調を進る。浪風高く、帰れず。
栗前王を以て、筑紫率に任ず。
時に近江国で武を講じ、また多に牧を置きて馬を放つ。
また越国が、燃ゆる土と燃ゆる水を献ず。

――秋の七月、高句麗が北陸路で使者を遣わして貢物を進上する。波風が高く帰れない。栗前王を大宰府の長官に任じる。時々近江の国で軍事訓練を行い、また度々牧場を造成して軍馬を放牧する。また越の国が、燃ゆる土と燃ゆる水を献上する――。

これが『日本書紀』天智天皇七年の記述。この年、越の国が燃ゆる土と燃ゆる水を天皇に献上した。流石に気体である燃ゆる気は、当時はぎやまんの壺（つぼ）もなく、はるばる近江大津宮（おおつのみや）まで運ぶことができなかったようだ。

なぜ自分は、『日本書紀』を読まねばならないと強く思ったのか――？　その理由を弁之助はこう考えた。

すっかり忘れてしまっていたが、自分は幼少時に『日本書紀』を通読した際、この記述に興味を惹かれ、燃ゆる土と燃ゆる水について少し調べたのだろう。そしてこれらを産（さん）したのが越後の黒川という土地であることも知り、燃ゆる水で川が黒くなったから黒川かと感心して、それが記憶の片隅に残っていた。

そして黒川屋の火事に遭遇、「焔硝が使われていないのに大爆ぜが起きた」という不可解な出来事に悩むうち、黒川屋の黒川という言葉が引き金になって、記憶の底に沈んでいた『日本書紀』という言葉が浮上した。そして、大爆ぜの謎を解くには『日本書紀』を読まねばならない、そんな衝動にかられたのだ。

「しかし、弁之助よ」

奉行が何かを思い出し、弁之助に問うた。

「先ほど、金魚鉢に満たしていた燃ゆる気は、越後の黒川ではなく、神田紺屋町にある黒川屋の井戸から入手したと申したな？」

取り寄せ、一緒に呼び寄せた職人に指示して、厨子二階の屋根裏に満遍なく塗らせたのだ。

やがて商売も軌道に乗り、蓄えもできた喜兵衛は、昨年大工の八五郎に頼んで、古い板葺屋根を全て、屋根瓦に葺き直した——。

「お奉行様、これを御覧下さい」

弁之助は懐から油紙で包んだ何かを取り出した。それを吟味方与力が受け取り、裁許所へと運ぶと、白い懐紙に載せて奉行・能勢頼一に差し出した。

「むう、これは何であるか？　初めて嗅ぐ臭い」

奉行は顔をしかめた。弁之助が持ってきたのは焼け焦げた黒い木片で、微かに鼻を刺す臭いがしたからだ。

「これは、大爆ぜで吹き飛んだ黒川屋の、屋根の破片でございます。妙な臭いがいたしますが、それは喜兵衛さんが屋根裏に塗らせたと思われる、燃ゆる土が付着したものです。燃ゆる土には撥水、接着、防腐の効果がありますので、各地で出土する古代の土器にも、水漏れ修復の目的で使用された例が数多くあります」

「これが、燃ゆる土か——」

奉行は木片に付着した黒いものを、手を伸ばして遠ざけながらしげしげと見た。

「この屋根に塗られた燃ゆる土こそ、真の犯人が、燃ゆる気で喜兵衛さんを殺そうと決めた決定的な理由でした。燃ゆる気は空気より軽いので上昇し、屋根の隙間からどんどん漏れてしまうのですが、厨子二階の屋根裏には雨漏りを防ぐため、燃ゆる土が満遍(まんべん)なく塗ってあったので、厨子二階に燃ゆる気を充満させることが可能だったのです」

勿論、完全に気の通らない状態ではないので、少しずつ漏れてはいくのだが、次々に新しい燃える気を送り込むことで、燃える気が常に充満した状態を保つことができる。

そして真の犯人は、黒川屋の屋根と中庭の井戸に、ある仕掛けをした。大工の八五郎に雨樋(あまどい)を造らせ、屋根に降った雨水が、節を抜いた孟宗竹(もうそうちく)の中を通って、中庭の井戸に流れるようにしたのだ。実はこれは、井戸から湧き出ている燃ゆる気を、孟宗竹の中を逆に遡(さかのぼ)って、喜兵衛が寝起きしている厨子二階に流れ込ませるためだった。

燃ゆる気は空気より軽いので、流れ落ちる雨水と入れ替わりに、孟宗竹の中を上に昇っていく。普段は雨樋を通って空中に逃げていくが、もし孟宗竹の先を厨子二階に差し込めば、どうなるか。燃ゆる気は、屋根裏に塗った燃ゆる土により、屋根を通過せずに上に溜まり、喜兵衛が寝ている厨子二階の天井に充満する。

そして真の犯人はその燃ゆる気に火を放ち、大爆ぜを起こして喜兵衛を爆死させたのだ。

「黒川屋で大爆ぜが起きた数日後、ある読売の男が、こんな摺物を売り出しました」

弁之助が懐から一枚の絵双紙を取り出して、読み上げた。

延享の振袖火事哉
黒川屋の大爆ぜが直後、恰も人の立つが如く、
空舞いし振袖一枚、此は如何なる因果なるや――

「延享の振袖火事、とな？」

奉行が怪しむように眉を寄せた。

「大爆ぜが直後、黒川屋の屋根の上を、振袖が飛んでいたというのか？」

弁之助は首肯した。

「はい。この絵双紙を書いた読売の男だけではありません。黒川屋周辺の店の奉公人や行商人など何人もの者が、燃え盛る炎の中、黒川屋の屋根の上を振袖が飛んでいたのを見ております。火事と空飛ぶ振袖、この二つの現象から、振袖火事と呼ばれた百年前の大火・明暦の大火を連想した者も多かったのです」

この絵草紙を書いた読売が先ほどの辰三であることは伏せ、弁之助は話を進めた。

「そして、この不思議な現象こそが、黒川屋の大爆ぜが燃ゆる気によるものだったことを裏付けているのです」

「さっぱりわからぬ。どういうことだ？」

弁之助は首を捻る奉行に説明した。

「お奉行様は天燈という、唐国の行灯をご存じでしょうか？」

奉行はまたしても、知らない言葉を弁之助に聞かされた。

「天燈だと？　如何なるものだ？」

弁之助は説明した。天燈とは蠟燭を立てた細い横棒の上に、目の細かい絹織物の袋を被せたものだ。この蠟燭に火を着けると、袋の中の空気が温まって軽くなり、天燈は空に舞い上がる。言わば小型の熱気球である。中国の三国時代、蜀の軍師・諸葛孔明が通信手段として発明したとされ、中国の一部地方には、数多くの天燈を空に飛ばす祭りがあるという。

「そして花さんの振袖も、振袖は陰干しのため胴裏を外してあり、絹の表地一枚だけという状態でした。それに黒川屋のお嬢さんの振袖ですから、目の細かい高級な絹織物です。まるで天燈に使われた絹織物のように」

「つまり、火事で熱された空気をはらみ、振袖が天燈のように空に舞い上がったと？」

奉行の言葉に頷きつつ、弁之助は補足した。

「流石お奉行様、御明察でございます。ただ、熱い空気だけでは振袖一枚を飛ばせるものではございません。振袖が大きな両袖の中に、蓋の壊れた井戸から噴き出す燃ゆる気をはらみ、それが火事で熱されてさらに軽くなったことで、振袖は空に舞い上がったのです。そしてあっという間に、火事の炎で燃え尽きました」

そろそろ話をまとめましょう、と言って弁之助は白洲を見回した。

「従って真の犯人とは、黒川屋の中庭の井戸と、屋根の雨樋に細工ができた者です」

そして弁之助は裁許所の奉行を見た。

「また越後黒川が産する燃ゆる気、燃ゆる土、燃ゆる水の知識を持った者。さらに、黒川屋の主人・喜兵衛さんを殺す理由があった者。この全てを満たす者は、たった一人しかいません」

弁之助は喋りながら立ち上がり、忠吉の背後に座っている男を見下ろした。白洲にいる全員が、弁之助の視線の先にいる人物を見た。

「黒川屋の元番頭、幸助さん。真の犯人はあなたですね？」

「な、何を仰いますので！　弁之助さん、ご冗談はおやめ下さい」

慌てて両手を胸の前で振る幸助。

「私は、隣家の屋根の上に若い男がいるのを確かに見ました。そいつが真の犯人に相違ありません。そうでしょう？」

「それが嘘だった訳です。私と私の友人は、黒川屋の周囲にある店の人たちに聞いて回りましたが、そんな男を見た人は一人もいませんでした。見たのはあなただけなんです」

弁之助は首を左右に振った。

「隣家の屋根の上に若い男がいたというのは、あなたの作り話ですね？　あなたは忠吉さんの前職が鳶だったことを知っていた。なるほど元鳶職であれば、屋根の上に登って焔硝を仕掛けることも容易いだろう、皆にそう思わせるための作り話です」

幸助は口を開けたまま、何も言えない。

「だが弁之助、それはおかしい」

白洲の右手から、火盗改の南雲慎之介が割って入った。

「この幸助は、忠吉が牢に入れられた後は小伝馬町牢屋敷に日参、忠吉の無実を訴え、解き放ちを嘆願していたという。幸助が真の犯人なら、このまま忠吉に己の罪を着せておこうとするのではないか？　本日の吟味の冒頭でも、忠吉は犯人ではないと言っている。幸助が真の犯人であれば、なぜ忠吉を冤罪から救おうとしたのだ？」

「では南雲様、お伺いしますが」

弁之助が南雲を見た。

「忠吉が収監された伝馬町牢屋敷が火事になったのは、如何なる理由ですか？」

「いや、それは――」

南雲は口籠(くちごも)った。

「まだ検分中だ。まさか牢屋敷に火付(ひつけ)する者もおるまいから失火と思われるが、未(いま)だ原因が摑(つか)めておらぬ」

弁之助は首を横に振った。

「失火ではありません。おそらくは、この幸助さんによる火付です」

南雲は驚き、幸助はびくりと身を固くした。

「幸助が？　何のためにだ？」

「忠吉さんを、一刻も早く死罪にするためです」

きっぱりと弁之助が言った。

「忠吉さんの無実を信じているふりをし、自分に火盗改の目が向かないようにして、その裏では早く忠吉さんを死罪にさせて、一刻も早く事件を終わらせてしまおうと画策(かくさく)していたのです」

火盗改は忠吉が犯人だと決め付け、忠吉も拷問で心ならずも罪を認めてしまった。しかし、もし後になって忠吉が犯人ではないと訴える証人、例えば黒川屋の大爆ぜが起きた朝、忠吉を他の場所で見たという者が現れたらどうなるか。忠吉も「やっぱり自分はやっていない」と言い出して、詮議(せんぎ)がやり直されるかもしれない。

　だから、一刻も早く忠吉を死罪にし、事件を終わらせてしまいたい。

　牢屋敷が火事になって切り放ちになれば、無実の忠吉は牢へは戻るまい。何を言っても役人には聞いてもらえず、戻っても死罪になるだけだし、実家には年老いた母親がいて、死んだら面倒を見る人がいなくなるからだ。

　しかし、逃げた後で再びお縄になれば、牢脱け(ろうぬけ)の罪だけで即刻死罪となる。そして忠吉の処刑をもって、黒川屋の事件は全て落着となる。後になってどのような反証が出ても、既に終わった事件だ。誰も聞く者はいない――。

　説明した後、弁之助が幸助を覗(のぞ)き込むように見た。

「幸助さん。あなたももしかして、『火付の癖(へき)』があるのでは？」

　幸助は一瞬びくりと身動(みじろ)ぎし、無表情に黙り込んだ。

「やっぱりそうですか」

　そう言って深々と溜め息をつき、弁之助は続けた。

「謎の一つに、喜兵衛さんを殺(あや)めるにあたり、真の犯人はなぜ、大爆ぜを起こして店ごと爆死させるという大掛かりな方法を取ったのか、というものがありました。人を殺めるなら首を締めてもいいし、刃物でも毒でもいくらでも他に方法はあるでしょう。それなのになぜ真の犯人は、こんなに目立つ大掛かりな方法を選んだのか」

弁之助は幸助を凝視しながら続ける。

「勿論、燃ゆる気と燃ゆる水という、江戸の人々がまず知らないものを使うことで、火盗改または奉行所の捜査を攪乱する、これが最大の目的だったでしょう。でも私はその他にもう一つ、幸助さんならではの理由があったと考えているんです」

「その、幸助ならではの理由というのが、火付の癖なのだな？」

火盗改の南雲が言った。

「そうです。幸助さんには、火を異常に好むという性癖があるのです。真の犯人が誰なのか、最後の最後までわからなかったのですが、これに気付いた時、幸助さんに違いないと思うに至りました」

弁之助は頷き、幸助に視線を戻した。

「幸助さん。あなたは火消の頭領・長次郎さんに会いたがっていましたよね？火付の癖がある者は、火だけでなく、火消の纏や半鐘の音にも強い関心を示すといいます」

火付の癖がある者は、火にまつわるあらゆることに執着するのだ。

「私は公事方御定書の編纂に携わった時、片端から集めた吟味控の全てに目を通して、火付の犯人には、火付を繰り返す者が非常に多いことを知りました。お縄になるまで、何度も火付を繰り返すのです。火が好きで好きでどうしようもなくて、やめようと思っても火付が我慢できないのです。これはまさに、癖か病と言うしかありません」

幸助は身じろぎもせず、じっと白洲の玉砂利を見ている。

「黒川屋を全焼させたのも、伝馬町牢屋敷に火を付けたのも、喜兵衛さんを殺害し、忠吉さんを確実に死罪にするためだったのでしょう。でも、理由の半分は火事を見たかったからではないですか？　いかがですか？　幸助さん」

幸助は無言のまま。弁之助は続けた。

「もしかすると、ここ数年、神田界隈で起きているという小火騒ぎも、幸助さんの仕業じゃありませんか？　火消の長次郎さんが、最近の小火は黒川屋の火事と同じ臭いがすると言っていました。火付する時の火口として、黒川屋で入手した燃ゆる土を使ったのではありませんか？　あれほどよく燃える火口はありませんから」

弁之助が南雲に目を移した。

「南雲様。八五郎さんが忠吉さんを匿(かくま)っているという密告を受けたのは、下(した)っ引(ぴ)きの伊作さんですね？」

戸惑いながらも、南雲が頷いた。

「うむ。頬かむりで顔を隠した男に呼び止められ、密告されたと言っていた」

弁之助は頷いて続けた。

「伊作さんに密告したのは、幸助さんです」

「何だと？」

南雲の顔色が変わった。

「今まで忠吉さんの無実を訴えていましたから、直接火盗改に密告することはできない。だから、下っ引きの伊作さんに密告したのです」

幸助は弁之助の家で忠吉と会った後、火盗改の下っ引きの伊作を探し、逃亡中の忠吉は八五郎が匿っていると密告した。そこで伊作は火盗改の詰所に急行して、南雲に注進した——。そう弁之助は語った。

「伊作、まことか！」

南雲が背後に控えていた伊作を睨(にら)んだ。

「へえ、あの、へえ。俺に手柄を立てさせてやる、でも誰から聞いたかは黙っててくれって、あの人が」

　伊作が恐縮しながら指差したのは、幸助だった。

「それから幸助さん、黒川屋の焼け跡に行った私が感じた視線も、あなたですね？」

　弁之助が幸助の顔を覗き込んだ。

「黒川屋、伝馬町牢屋敷と二回も立て続けに火付したあなたは、いくらなんでもしばらくは火付ができないと思った。そこで黒川屋の焼け跡を見て、火付の欲を抑えようとしていた。そこに私が行って、焼け跡をじろじろと見ていたから、誰だろうとあなたの視線を浴びてしまった」

「いや、しかし弁之助よ」

　南雲はまだ、幸助が犯人であることが信じられなかった。

「そもそも何故、幸助は主人の喜兵衛を殺めたのだ？　世話になった奉公先の主人を殺めるからには、それなりの理由がある筈だが、拙者には全くわからぬ」

　弁之助は幸助を見下ろした。

「幸助さん。あなたは黒川屋の番頭になる前、両替商で奉公していました。そして五年前に黒川屋の開店を手伝い、喜兵衛さんに気に入られ、引き抜かれて番頭になった」

幸助は無言で弁之助の視線を避けていた。

「前の奉公先だった両替商に行って、あなたの話を聞いてきました」

「――何ですって？」

幸助は動揺し、その口から思わず声が出た。

「幸助さん。あなた、お寺で開帳される博打に狂って、ついにお店のお金に手を付けたんですって？　そのお寺にも行ってきました。あなた、毎晩のように賭場に出入りしていたそうですね？」

「ど、どうして、それを」

信じられない、という表情の幸助。

なぜ弁之助は、幸助の博打狂いを知ることができたのか？　それは、猴の要次に掏摸を依頼したからだった。

幸助が怪しいと睨んだものの、喜兵衛を殺した動機がわからない。そこでやむなく巾着切の要次に頼んで、何か手掛かりが見つかれば儲けものと、幸助の紙入れを掏って、中身を覗いてもらったのだ。

要次はすれ違いざまに幸助の紙入れを抜き取ると、入っていた受取や証文など何枚かの書付を見た。そこには、賭場である寺に金を借りた証文と骰子が入っていた。骰子は古来魔除けや縁起物とされ、特に博打好きが好んで持ち歩く。それらの書付に目を通して記憶した後、要次は全て紙入れに戻し、旦那、落としましたぜと紙入れを幸助に返した。

要次が幸助の紙入れを掏ったことは、この白洲の場では言いにくい。しかし、幸助が博打に狂っていることと、通っていた賭場がわかった。弁之助にはそれだけで充分だった。その後、幸助が奉公していた両替商と、賭場を開帳する寺を訪ね、話の裏を取ってきたのだ。

「もしかすると、あなたの博打好きは、火付の癖と根っこが同じなのかもしれません。火事も博打も、どちらもひりひりする心持ちが癖になったのではありませんか？」

幸助は無言だった。弁之助は続けた。

「ともあれ、喜兵衛さんのお店に誘われたのは、両替商を首になろうとしていた幸助さんにはもっけの幸いでした。しかし、博打狂いはそう簡単に治る筈がない。黒川屋に移っても、あなたの借金まみれは変わらなかったでしょう。だから、もしかして帳場箪笥からお店の金を持ち出したりしたのではありませんか？」

なおも幸助は無言だった。

ここで弁之助は、衝撃的な言葉を突き付けた。

「それを喜兵衛さんの一人娘・花さんに見られ、口封じで殺めたんでしょう？」

「何だと――」

南雲が顔色を変え、まくし立てた。

「弁之助よ、喜兵衛の娘の死もまた此奴の仕業だというのか？　地下の穴蔵で着物の整理をしていた折、突然、心の臓の病が起きて死んだと聞いているが」

「私よりも、然るべき方に説明をお願いいたしましょう」

南雲に答えると、弁之助は大砂利に向かって叫んだ。

「八丁堀の先生！　いらっしゃいますか？　こちらへおいで下さい！」

その呼びかけに応じて、一人の壮年の男がゆっくりと白洲に入ってきた。

着ているのは黒色無紋の十徳。素襖の両袖を縫い塞いだ、医師、僧侶、儒者、絵師、茶人などが着用する羽織物だ。武士でもないし、町人でもない。

弁之助が奉行に紹介した。

「こちらはお医者の高橋玄秀先生でございます。喜兵衛さんの一人娘・花さんが穴蔵で倒れた時、喜兵衛さんに呼ばれて駆け付けました」

玄秀は白洲の中央に正座すると、にこやかな表情で奉行に一礼した。

よく見ると玄秀の着ている十徳は、年季が入って皺だらけの染みだらけ、顔にも無精髭が伸び放題。見た目には無頓着なことが見て取れる。

だが、元は江戸城で将軍家に仕える番医師で、長崎で蘭医学を修め、かの杉田玄白よりも先に『クルムス解体書』を見て腑分けを繰り返した医者だ。そのため「骨道楽」「腑分け道楽」の異名を持ち、日本初の監察医とも言われている。

「玄秀先生。あなたが穴蔵に来られた時、花さんはどのような様子でしたか？」

弁之助に聞かれ、玄秀が曇った顔で答えた。

「既に亡くなっていたよ。まだ十七だったか。若い身空で気の毒なことだった」

「亡くなった理由を、先生は心の臓の病と診立てられましたね？」

「ああ、うむ。まあ、そうなんだがな」

玄秀はしばし躊躇した後、こう続けた。

「実は、初めは別の診立てをしたんだが、考えた末に変えたんだ」

「初めは何と診立てられたんです？」

「『けだえ』だ」

玄秀は、誰もが初めて聞く病名を口にした。

「けだえとは、どのような病です？」

弁之助に聞かれ、玄秀は説明を始めた。

「わしは昔、お上のご依頼で下野の足尾銅山に行ったことがあってな。当時、何人もの人足が次々と同じ病で倒れるので、診てほしいと言われたんだ。その病を地元では、けだえと呼んでいた。気が絶えると書いて気絶えだ。鉱山や温泉地に見られる病で、硫黄など毒の気が立ち込める中にいると、息が詰まって倒れ、甚だしきは死に至る」

つまりけだえとは、様々な理由で息ができなくなる症状の総称なのだ。

「黒川屋のお嬢さんも、初めはけだえと診立てたんですね？」

「うむ。亡骸の顔は土気色、歯を食い縛り、苦悶の表情を浮かべていた。全てけだえの特徴だ。それに気のせいかもしれないが、着物からほのかに硫黄の臭いもしていた。だが、場所が鉱山や温泉地であればけだえで間違いないが、江戸の街中では有り得ない。それでやむを得ず、役人には心の臓の病だろうと伝えたんだ」

　大きく頷く弁之助。

「江戸の街中で起こる筈のないけだえが、黒川屋の地下にある穴蔵で起きたとすれば、考えられることは一つしかありません。何者かが、黒川屋の穴蔵の中に毒の気を流し込み、花さんに吸わせ、けだえを発症させて殺めたのです」

「毒の気とな？」

　奉行の能勢頼一が、当惑の声を上げた。

「そのようなものを、犯人はどこで入手し、如何にして黒川屋へと運んだのだ？　そもそも毒の気とは、人が運べるものなのか？」

「最初から黒川屋にあったのでございます」

　奉行の問いを予測していた弁之助は、即答した。

「忠吉さん」

　突然、弁之助が忠吉を見た。

「あなた、中庭の井戸から悪臭がすると言っていましたね？　どんな臭いでしたか？」

「は、はい。卵が腐ったような、魚や動物の死骸のような、そんな臭いです」

弁之助は大きく頷き、視線を奉行に戻した。

「忠吉さんが言うには、中庭の空井戸からは、微かに何かが腐ったような臭いがしたそうです。忠吉さんは、黒川屋になる前の染物屋だった時に、奉公人が塵芥を捨てていたのだろうと思っていましたが、実はその臭いの正体は、燃ゆる気と一緒に湧き出ている、『硫黄の気』という毒の気だったのです」

高橋玄秀がはたと膝を叩いた。

「なるほど。硫黄の気か！　それならば、けだえが起きたのも納得だ。しかし、なぜ黒川屋の井戸から硫黄の気が湧いていたんだね？」

弁之助が説明した。

「黒川屋の井戸からは燃ゆる気が湧いていたのですが、燃ゆる気には多くの場合、硫黄の気が混じっているのです」

燃ゆる気は空気より軽く、井戸に差した孟宗竹の中を上に向かう。しかし硫黄の気は空気より重いため、井戸の底に溜まる。そう弁之助は説明した。

「おそらく幸助さんは、粘土を内側に張った壺か甕のようなものを釣瓶に取り付け、硫黄の気を井戸の底から汲み上げて、花さんが着物を見に来る時を見計らって、明かり窓から穴蔵に、大量に流し込んだのです」

喜兵衛の一人娘・花は着物が好きで、日に一度は穴蔵で自分の着物を取り出しては眺めていた。これを番頭の幸助は知っていた。また穴蔵の壁の天井に近い所に、中庭に面して明かり取り窓が設けてあった。中庭にある井戸から硫黄の気を流し込むのは、難しい作業ではなかっただろう。

地面を掘り下げた穴蔵は、板壁の向こうは硬く固められた土の壁だ。硫黄の気はすぐに染み込むことなく、しばらくは穴蔵の底に留まっていた筈だ。

「穴蔵に入った花さんは、硫黄の気の嫌な臭いに気が付いたでしょうが、少し吸い込んだだけですぐに昏倒し、逃げる暇はなかったようです」

弁之助は沈痛な表情で首を振った。

「花さんを死に至らしめた硫黄の気は、しばらく穴蔵の底に留まった後、徐々に床下の土に染み込んで消えました。だからその後に駆け付けた喜兵衛さんも、呼ばれた高橋玄秀先生も、大量に吸い込むことはなく、無事だったのです。花さんの着ていた着物には、少し残っていたようですが」

幸助は無言で目の前の玉砂利を睨んでいる。弁之助は続けた。

「幸助さんは、花さんを殺めることに成功すると、あとは喜兵衛さんが亡くなれば、黒川屋の金を自由に持ち出せることに思い至りました。そうなれば博打の借金など何とでもなります。そこで喜兵衛さんを殺めることを決意、燃ゆる気の仕掛けを思い付いて、目的を達成したのです」

そして弁之助は高橋玄秀に向かって頭を下げた。

「先生、どうもありがとうございました。お陰様で、可哀相な花さんの仇を取ることができそうです」

「いや、こちらこそ勉強になった。弁さん、今度八丁堀に遊びにおいで」

そう言って高橋玄秀が退出したのを見届け、幸助に向き直った。

「いかがでしょう、幸助さん。何か反論はありますか？」

幸助は顔を上げ、苦笑にも似た表情を浮かべた。

「弁之助さん。前にも申しましたが、私は越後黒川の出じゃありません。房州の生まれ育ちで、越後には一度も行ったことがないんです。だから、燃ゆる気も知らないし、硫黄の気も知らないのです」

そして幸助はきっぱりと言い切った。

「だから私は犯人ではありません。あなたの推量は間違っています」

すると弁之助は驚きも見せず、大きく頷いた。

「私もそこで散々悩みました。越後の出じゃないあなたが、なぜ燃ゆる気のことを詳しく知っていたのか――」

　そこで弁之助は、急ににっこりと笑った。

「そこで、越後から戻ったばかりの辰三さんに頼んで、あなたの生まれ育った房州にも行ってもらいました」

「え？」

　幸助の顔が強張った。

「幸助さん。あなた、房州は房州でも大多喜の出なんですよね？　そこは越後の黒川と同じく、燃ゆる気が湧き出ている土地でしたよ」

　今から百五十年ほど前、三河国の武将・本多平八郎忠勝が房州大多喜城主に封ぜられた六年後の慶長元年（一五九六年）、忠勝は大多喜で「燃ゆる泡」が湧いているのを発見したという。

「辰三さんによりますと、房州の大多喜では今も盛んに燃ゆる気が出ていて、皆さん煮炊きや明かりに使っているそうですね」

　青ざめる幸助をよそに、弁之助は裁許所の奉行・能勢頼一を見た。

「房州の地下には、越後と同じく燃ゆる気溜まりがあるのです。そしてそれはこの江戸の地下まで続いているのです。神田紺屋町にあった黒川屋の井戸から燃ゆる気が出たのも、あの真下に燃ゆる気溜まりがあるからなのです」

最早、奉行は圧倒され、無言で頷きながら弁之助の話を聞くしかなかった。

「黒川屋の前にあった染物屋は、臭い水泡が出るので井戸を封じてしまった。でも、越後黒川出身の喜兵衛さんと、房州大多喜出身の幸助さんは、その水泡が燃ゆる気だとわかった。喜兵衛さんは危ないからと井戸に蓋をし、中庭での煙草を禁じた。しかし幸助さんは、その燃ゆる気を、喜兵衛さんを殺すのに使った」

そして弁之助は幸助を見た。

「幸助さん。まだ何か、仰ることがありますか？」

弁之助が喋り終えると、白洲はしんと静まり返った。誰も知らなかった事実が次々と明らかになり、弁之助以外の白洲と裁許所にいる全員が、解き明かされた思いもよらない真相に、半ば茫然としているようだった。

「許せぬ――」

北町奉行・能勢頼一は歯軋りとともに声を絞り出し、怒りの目を幸助に向けた。

「博打で作った借金に困り、店の金に手を出した挙げ句、怪しんだ娘の花を殺害。のみならず、黒川屋の財産を自由にせんがため、策を弄して火を放ち、ついに主人の喜兵衛を爆殺するとは、まさに鬼畜の所業。幸助よ、どう言い逃れるつもりだ？　申したきことあらば申して見よ！」

　幸助はしばらく俯いたまま無言だったが、やがてゆっくりと顔を上げた。

「御畏れながら、お奉行様」

　幸助の声は落ち着いていた。

「何度でも申し上げますが、私は犯人ではございません」

「おのれ、この期に及んでまだ白を切るか」

　苛立つ奉行に向かって、幸助はこう言った。

「あの大爆ぜが起きた朝、私は丁稚二人と一緒に、一階の帳場で書付の整理をしておりました。そこに突然、厨子二階で大きな音がしたので、身の危険を感じ、丁稚二人を連れて表に走り出たのでございます。このことは丁稚二人に聞けば明白でございます。その私がいつ、いかなる方法で、厨子二階に火を放ったと仰るのでしょう？」

　奉行は言葉に詰まった。そして困った挙げ句、頼るように弁之助に目を遣った。

弁之助は大きく溜め息をつき、そして口を開いた。

「一階にいた幸助さんが、いかにして厨子二階の燃ゆる気に着火したのか？　そしてなぜ、人の動き出す早朝に事を起こしたのか？　この二つは最後まで悩んだ謎でした。そして何か見落としはないかと、忠吉さんと初めて会ってからこっちの出来事を、ずっと思い返してみました。——すると」

弁之助はにっこりと笑った。

「忠吉さんがうちに転がり込んできた夜、熱いお茶を淹れてあげようとした時、あまりの寒さのせいで、水甕に氷が張っていたことを思い出しました。そして黒川屋さんの大爆ぜの朝も、同じくらい冷え込んでいたことに思い当たりました」

「氷とな？」

水甕に氷が張っただと？　この男、一体何を申しておるのだ——？

奉行・能勢頼一は不安な顔で、弁之助の言葉の続きを待った。

「次に私は、元番頭の幸助さんと初めて会った日のことを思い返しました。そして、幸助さんに黒川屋の火事が描かれた摺物を見せた時、幸助さんが眼鏡を取り出して読み始め、いい物をお持ちだなと羨ましく思ったことを思い出しました」

火盗改の南雲が、しびれを切らしたように声を上げた。

「弁之助、何を下らないことを延々と申し立てておる？　それが幸助が真の犯人かどうかと、関係があると申すか？」

「はい、勿論でございます」

弁之助は当然のように頷いた。

「そしてわかったのは、一階にいた幸助さんが、いかにして厨子二階に火を放ったかという謎は、『なぜ黒川屋の大爆ぜは、人が寝静まった深夜ではなく、人が動き始めた早朝に起きたのか』というもう一つの謎と、表裏一体だったということでした」

幸助が思わず弁之助の顔を見た。その顔には、師走にも拘わらず汗が滲んでいた。

「幸助さんは、その時自分が一階にいても、燃ゆる気が充満した厨子二階に、『勝手に火が放たれる』仕掛けを施していたのです」

「勝手に火が放たれる、だと？」

自分の耳を疑う南雲。

「そしてその仕掛けは、お天道様が昇り始める早朝にならないと働きませんでした」

そう言いながら、弁之助は立ち上がった。

「そのからくりを、今からご覧に入れます」

其ノ十四　蕎麦捏鉢と眼鏡

「それでは第二の実検分を始めます」

　そう言うと弁之助は、裁許所の前に置かれている、金魚鉢二つを載せた戸板に歩み寄った。そして今度は水の入ったほうの金魚鉢を両手で持ち上げ、白洲を見回した後、火盗改の南雲慎之介を見た。

「南雲様。すみませんが、南側の戸を開けて頂けませんか？」

「何？　南側の戸？」

　つられて南雲が自分の背後を振り返る。そちらが南の方角だ。

「はい。今は丁度お昼時なので、南側を」

「う、うむ？」

　訳がわからないまま南雲は立ち上がり、白洲南側の引き戸を両側にがらりと開けた。明るい真昼の日差しが差し込み、白洲の玉砂利を四角く真っ白に浮かび上がらせた。

その四角い日向（ひなた）の真ん中に、弁之助は両手で抱えている金魚鉢を置いた。

さらに弁之助は、懐から黒い綿（わた）のようなものを取り出し、透明な金魚鉢が白い玉砂利に落としている、薄い影の中央に置いた。

何が起きるというのか――。

白洲にいる全員が、無言でじっとその黒い綿を見つめた。

すると、やがて黒い綿の中央からうっすらとした細い煙が上がり始めた。

煙は徐々に太くなり、ついに黒い綿が、ぼっ、と炎を上げて燃え上がった。

「何と！」

「燃えた！」

「まさか、このようなことが」

「どうなっておるのだ？」

白洲にいる皆が目を見開き、口々に驚きの声を上げた。

「透明で丸みのあるものは、陽（ひ）の光の進みを歪（ゆが）めて一点に歛（あつ）め、その一点を甚（はなは）だしく高温にし、ついには発火に至らしめます」

弁之助が白洲の中を見渡しながら、説明を始めた。

「金魚鉢は、意図せずしてたまたま陽の光を歛める形になったのですが、敢えて陽の光を歪めるために、水晶やぎやまんで作られたものもあります。例えば眼鏡がそうです。目の悪い者が、膨らませたりへこませたりした透明な板を通してものを見ると、丁度良く歪んで見え、ぼやけた視界が正されるのです」

　ここで弁之助は「いけない、金魚が煮える」と呟き、急いで金魚鉢を元の戸板に戻してから、再び喋り始めた。

「膨らませた、またはへこませた透明な板を円形に削ったものを、唐国では靉靆と言い、西洋の和蘭陀ではれんずと呼びます。私はこの和蘭陀語のれんずに、光を斂める珠と書いて『斂珠』という漢字を当てることにしました」

「れん、ず――」

　奉行・能勢頼一が茫然と呟いた。

「燃やした黒い綿のようなものは、私が家で使っております火口で、蒲の穂綿に墨汁を吸わせたものです。黒いものは陽の光をことさらに吸い込み、温度が上がって燃えやすくなります。よってご覧頂いたように、陽の光が差している場所では、斂珠と黒い火口があれば、簡単に火を熾すことができるのです」

　奉行の能勢頼一が、畳んだ扇ではたと膝を打ち、その扇で幸助を指した。

「つまり、此奴は斂珠と火口を使って発火させ、燃ゆる気に火を放ったのだな？」

「ご明察にございます」

弁之助が深々と頭を垂れた。

「幸助さんは火付するにあたり、金魚鉢でも眼鏡でもなく、氷で斂珠を作りました」

南雲が驚き、思わず声を上げた。

「氷でか。あんな冷たいもので火が熾せるとは——」

弁之助は微笑みながら頷いた。

「はい。幸助さんは蕎麦の捏鉢に水を張り、それを師走の夜の寒さで凍らせ、綺麗に削って斂珠を作りました。そして皆が寝静まっている夜中のうちに。斂珠を黒川屋の中庭にある井戸に運び込み、井戸の蓋の上、朝になれば陽の光が差す場所に設置、斂珠によって陽の光が斂まる所に黒い火口を置きました」

それから弁之助は奉行に目を移した。

「一方で幸助さんは、井戸から昇ってきた燃ゆる気が厨子二階の天井に充満するよう、屋根に登って厨子二階の雨戸を密かにずらし、そこに井戸に通じている孟宗竹の先を差し込みました。これにより、喜兵衛さんが寝ている厨子二階の天井に、少しずつ燃ゆる気が溜まり始めました。燃ゆる気自体は無臭なので、喜兵衛さんも気付きませんでした」

白洲にいる者は皆、固唾(かたず)を呑んで弁之助の説明を聞いている。

「やがて朝になり、氷で作った斂珠に陽の光が差し始め、斂珠は陽の光を黒い火口に斂め、ついに火口が発火しました。その火は、孟宗竹の根本からわずかに漏れ出ている燃ゆる気に引火、上に伸びる孟宗竹の中を炎が一瞬で走り、厨子二階に充満した燃ゆる気に到達、大爆ぜを起こしたのです」

白洲にいる全員の脳裏に、大爆発を起こす黒川屋の光景が再現された。

「これが、丁稚さん二人と一緒に一階の帳場にいた幸助さんが、厨子二階に充満した燃ゆる気に火を放った方法です。朝になれば自分がいなくても、勝手に火が放たれる細工を施していた訳です。そして、幸助さんが仕掛けた氷の斂珠(れんず)は、火事の熱で溶けて消えました。証拠隠滅(しょうこいんめつ)という訳です」

弁之助は幸助を見た。

「幸助さん、あなた、喜兵衛さんに買ってもらったという眼鏡を持っていますが、日向の縁側に置き忘れて板を焦がしたとか、そういう経験があるのではありませんか？　火に執着して火付の癖があるあなたは、その経験から、斂珠で火が熾せることを知り、いつか歛珠を使って火付しようと考えていた」

幸助は無言だった。弁之助は続けた。

「そして、喜兵衛さん殺害を思い立ったあなたは、荒物屋（あらものや）の『ござ久（きゅう）』に行って蕎麦捏鉢を買い、水を浅く張って冬の寒さで凍らせ、歛珠を作ることを思い付いた」

「待て！　弁之助」

ここでたまらず南雲が口を挟んだ。

「その方なぜ、氷の歛珠を作るために蕎麦捏鉢を用いたことや、それを買った店の名前までわかるのだ？　千里眼（せんりがん）でもない限り、わかる筈がないではないか！」

弁之助は困ったように、こう答えた。

「それはまあ、勘のようなもので。ただ、私がござ久に行ってご主人に話を聞きましたら、幸助さんが火事の何日か前に、蕎麦捏鉢を買って帰ったことを覚えていました」

弁之助が口を濁した理由は言うまでもない。猴（ましら）の要次が掏った幸助の紙入れの中に、ござ久という荒物屋の受取が入っていたからだ。そこで弁之助はござ久へ出向き、それが蕎麦捏鉢の受取であることを聞いたという訳だった。

「いかがでしょう？　幸助さん」

弁之助が幸助の顔を覗き込んだ。

「そろそろご自分のやったことを、認める気になりましたか？　喜兵衛さんと花さんを殺め、黒川屋を全焼させ、その罪を忠吉さんに着せようとしたあなたです。どうやっても極刑は免(まぬが)れ得ないと思います。ですが、せめてこのお白洲で全てを認め、すっきりとした清らかな魂で、心安らかな最期を迎えませんか。どうかお願いいたします」

幸助は無言だった。弁之助はじっと幸助の言葉を待った。せめて最後だけは真人間に戻って、神妙にお裁きを受けてほしかった。

「弁之助さん」

突然、幸助が顔を上げてにやりと笑った。

「まるで見てきたような大嘘の数々、まことに面白く拝聴致しました。あなたは手跡指南よりも、読本(よみほん)か黄表紙(きびょうし)の戯作家(げさくか)になられた方(ほう)がいい」

「なんですって？」

弁之助が眉を寄せると、幸助は笑みを浮かべたまま弁之助を見上げた。

「仮にお嬢様の死因が、誰かが穴蔵に毒の気を流し込んだからだとしましょう。

また、お店の厨子二階を大爆ぜさせ、旦那様を殺めたからくりが、全部弁之助さんの仰った通りだとしましょう。でも、それをやったのが私だというのは、弁之助さんの想像に過ぎない。私の仕業だという、確かな証はあるんでしょうか？」

幸助は座したまま、白洲にいる全員をぐるりと見回した。

「私は確かに、燃ゆる気の湧き出る房州・大多喜の出身です。それに博打好きのせいで両替商に居辛くなり、黒川屋に移りました。さらに黒川屋に来てからも賭場通いは続けており、寺に借金もありました。それも認めましょう。でもそれらが、私がお嬢様と旦那様を殺めた証になるのでしょうか？」

幸助は火盗改の南雲をちらりと見た。

「それとも南雲様。私がお店の屋根を瓦葺にしたことや、雨水を孟宗竹の雨樋で空井戸に流したことや、眼鏡を持っていることや、ござ久で蕎麦捏鉢を買ったことが、火付の犯人だという確かな証になるのでしょうか？」

怒りに手を震わせながらも、南雲は無言だった。反論できないのだ。弁之助が挙げた証拠はどれも決定的な決め手にはならない。そう幸助は言っているのだ。

「つまり弁之助さんのお話は、全て弁之助さんの妄想に過ぎないのです。まさに乱心酒狂（らんしんしゅきょう）の戯言（ざれごと）です。私が真の犯人だという証など、どこにもありません」

そして幸助は、裁許所の奉行を見上げた。

「そうでございましょう？　お奉行様」

奉行・能勢頼一はしばらく無言だったが、ようやく口を開いた。

「弁之助により火付の手口は完全に解明された。そして幸助以外に、その絡繰を仕掛け、実行できた者がいたとは考え難い。しかしそれでも、この幸助が犯人であるという確たる証は、残念ながら、無いと言わざるを得ぬ」

白洲にどよめきが起きた。奉行の言葉を聞いた一同に、大きな動揺が走ったのだ。

「疑わしきは、罰すべからず」

そう一言述べた後、奉行は弁之助を見た。

「弁之助よ。公事方御定書の編纂に携わりしその方も、この金言を存じておろう？　先の将軍にして現大御所、徳川吉宗公が御言葉である。疑わしいだけで罰してはならぬ、人を罰するには、確たる証がなければならぬ――。この奉行めも、この言葉を金科玉条として、日々吟味の座に着いておる」

「はい。存じ上げております」

弁之助も頭を下げて認めた。

「冤罪を何よりも憎まれた吉宗公の、決して冤罪を生まぬための格言にして、吟味の大原則にございます。私も吉宗公御自ら、直々に拝聴申し上げました」

「うむ」

奉行は厳しい顔で頷いた。

「そしてこの大原則に従えば、確たる証拠がない以上、幸助は無罪と推定するしかない」

推定無罪――。

幸助を除いた白洲の全員に、大きな落胆と徒労感が広がっていった。幸助こそが真の犯人であることを指し示す出来事が、ここまで揃っているにも拘わらず、絶対的な証がないため、幸助を咎人とすることができない。そう奉行は言うのだ。

「流石、名奉行の誉れ高い能勢様。名裁きにございます」

幸助が、勝ち誇った笑みを浮かべて言った。

「であれば、黒川屋の火付の犯人は、やはり忠吉ということになりましょう。弁之助さんが仰った方法で、厨子二階に火を放って、ご主人様を爆殺、お店を全焼させたのです。何より忠吉は、火盗改による詮議において、自ら罪を認めております」

「ば、番頭さん！　そんな！」

忠吉が身体を捻じ曲げて背後を振り返り、悲壮な表情で叫んだ。

「私はあなたを信じておりましたのに。私を助けるために牢屋敷に通われて、解き放ちを求められたと思っておりましたのに。私の身を心配して、私が隠れている長屋へ会いに来て下さったと思っておりましたのに。それなのに、全部私を犯人に仕立て上げて、こ、殺すためだったなんて」

幸助はちらりと忠吉を見遣ると、奉行に視線を移した。

「お奉行様。吟味はこれで終わりでございましょう？　そして、死罪相当以上のお裁きについては、このお白洲ではなく評定所でご裁決なさると聞きます。では、これより後は評定所に申し送って下さいませ。そして真の犯人は、罪を認めない私か、それとも罪を認めた忠吉か、評定所でご判定頂ければと存じます」

評定所とは、老中と寺社奉行・町奉行・勘定奉行の三奉行が合議によって事件を裁決する、幕府の最高司法機関だ。死罪となる判決は、奉行所の白洲では宣告されず、白洲で吟味結果を参考に、老中確認の下評定所で下されることになる。

「おのれ――」

流石に奉行も、この幸助の言葉にぎりぎりと歯嚙みした。

疑わしきは罰すべからず――。幸助が頑として自白しない以上、この大原則により幸助は無罪とするしかない。しかし、幸助の他に動機も手段も揃った者は一人もいない。よって真の犯人は、どう考えても幸助しかいないのだ。

そして、本件を評定所へ送ってしまえば、たとえ火盗改が詮議で拷問を用いたとしても、忠吉が一度は自白し、罪を認めたのは動かぬ事実。自分も同席はするが、おそらく多勢に無勢、自白をした忠吉が絶対的に不利であることは言うまでもない。

幸助め。己の大罪を逃れるのみならず、無実の忠吉に罪を着せるとは、何という鬼畜の所業であろうか。だが、決定的な証拠がない以上、どうしようもない。

これまでか――。

奉行・能勢肥後守頼一が、正義の敗北を覚悟して唇を嚙んだ、その時だった。

「お待ち下さい、お奉行様」

弁之助が口を開いた。

「もし、幸助さんが數珠と火口を井戸に仕掛ける様子を、誰かが見ていたとしたら、いかがなりましょうか？」

「うむ？　誰かが見ていたら？」

弁之助の言葉に、奉行は思わず身を乗り出した。

「もし、そのような証人がおれば、その言は幸助が犯人という確かな証となる。だが、幸助が中庭の井戸に仕掛けを施せしは、まだ闇深き夜明け前のこと。店の奉公人は就寝中、商家の中庭では往来人も通らぬ。これを目撃した者がいるとは、到底――」

「それが、いるのです」

「まことか？」

弁之助の言葉に、奉行・能勢頼一が目を見開いた。

幸助が不快そうに顔を歪め、声を荒らげた。

「馬鹿な！　そんな奴がいる筈がない！　それとも弁之助さん、私を陥れるために嘘の証人をでっち上げる気ですか？　お白洲で嘘をつけば、ただではすみませんよ！」

「では、その証人をここへお呼びしましょう」

弁之助は白洲の隣にある大砂利の、さらに外に向かって大きな声で呼びかけた。

「おおい！　豆腐小僧さん、入って来て下さい！」

じゃり、という玉砂利を踏む音と共に、一人の小柄な男が白洲に入ってきた。異常に大きな頭に網代笠を被り、片手に小さな盆を持ち、その上に紅葉豆腐を一丁載せている。その身体からは、つんと鼻を突く刺激臭を発している。白洲の中を一歩一歩、ゆっくりと歩いて来ると、途中、脇を通られた者がその臭いに顔をしかめる。

「ま、まさか、お前、あの時の」

混乱した幸助が、嗄れた声を漏らした。

「と、豆腐の妖怪――？」

弁之助の招きで白洲に入ってきたのは、黒川屋の大爆ぜが起こる夜明け前、豆腐を作っていた豆腐屋と、家路を急いでいた夜鷹蕎麦と、そして井戸に殺人の仕掛けを施していた真の犯人が目撃した、あの妖怪・豆腐小僧だった。

其ノ十五　人間だ

じゃり、じゃり、という玉砂利を踏む足音とともに、大きな頭に網代笠を被り、紅葉豆腐の載った盆を持った豆腐小僧は、白洲にいる全員が凝視する中、ゆっくりと白洲の中央に進み出てきた。そして、立っている弁之助の隣まで来て立ち止まった。

「何と、面妖な」

「このような昼間から」

「しかも、大勢がいるお白洲に」

「まさか、妖怪が出るとは」

白洲と裁許所にいる大勢の人々が、慄きながら口々に呟いた。

恐怖と好奇の入り混じった視線の中、豆腐小僧は物珍しそうに周囲を見回すと、裁許所の真ん中にいる奉行・能勢頼一に目を止め、大きな歯を見せてにっこりと笑った。

「弁之助よ。この者は、一体――」

当惑の声を漏らした奉行に、弁之助もにっこりと笑って答えた。

「近頃、江戸の巷で評判となっております、妖怪・豆腐小僧さんでございます」

そして弁之助は、豆腐小僧に微笑みかけた。

「豆腐小僧さん。お家の中ですし、よかったら笠を取りませんか？」

豆腐小僧は顎紐を解き、網代笠を脱いだ。大頭小僧とも呼ばれる所以となった、尋常ではない大きさの頭が現れた。

だが、本当に頭が大きい訳ではなかった。幾重にもぐるぐると巻木綿が巻かれているせいで、そう見えたのだ。

網代笠の下から現れたのは、利発で人の良さそうな若い男の顔だった。妖怪ではない。童顔で小柄な、普通の人間の若者だ。

「ご覧の通り、豆腐小僧さんは妖怪などではありません。お豆腐が大好きな、気のいい普通の若者でございます。いつもは夜にならないと出かけないのですが、今日は特別に、昼間に出てきて頂きました」

奉行にそう説明すると、弁之助は豆腐小僧に目を戻す。

「豆腐小僧さん、教えてくれませんか」

皆が見つめる中、弁之助が豆腐小僧に話しかけた。

「黒川屋さんが燃えた日の夜明け前、あなたは黒川屋さんの中庭に入りましたね？」

「うん、入ったよ」

豆腐小僧は当然のように答えた。

「それはどうしてです？」

「夜明け前で真っ暗な中を、風呂敷包みを抱えた人が、きょろきょろ周りを気にしながら、お店の裏口の木戸をそっと開けて、中に入っていったから、何をするんだろうと気になって、後について入ったんだよ」

「その人物は、中庭で何をしましたか？」

「風呂敷包みを解いて、何か平べったくて丸いもんを出して、中庭の隅っこにある井戸の上に置いた」

「その、平べったい丸いもんは、何だったと思いますか？」

「ありゃあきっと氷だね。浅い鉢の水が凍ったみたいな、底の丸い氷の板だ」

「どうして氷だと思ったんです？」

「透き通ってて、お月さんの光でぼうっと光ってたし、包んでた風呂敷が凍って、ばりばり張り付いてたみたいだったからね」

「男はその後、何をしましたか？」

「井戸から生えてる太い孟宗竹の根本に、何か黒い綿みたいのを置いた」

身振り手振りとともに、豆腐小僧は無邪気に話し続けた。

「そして、その平べったい氷を黒い綿の上に、何だか向きを気にしながら、孟宗竹に寄っかかるように斜めに立てた」

奉行の能勢頼一、火盗改の南雲慎之介、忠吉、幸助――。そしてこの場にいる全員が、じっと弁之助と豆腐小僧の会話に聞き入っていた。

「豆腐小僧さん。その、黒川屋さんの中庭で見た男の顔を、覚えていますか？」

「覚えてるよ。月明かりではっきり見えたからね」

「その男は、ここにいますか？」

「うん。いるよ」

豆腐小僧は左を向き、弁之助の背後に座っている男を指差した。

「この人だよ」

それは元番頭の幸助だった。幸助は無言のまま、じっと豆腐小僧を睨んでいた。

「ありがとうございます。わざわざ来て頂き、すみませんでした」

弁之助の言葉に、豆腐小僧はにっこりと笑った。

「お陰で豆腐を買えたからよかったよ。夜中はいつも豆腐屋が閉まってるからね」

豆腐小僧は、盆の上に載せた白い豆腐を少し持ち上げて見せた。

「そうそう、あなたの本当のお名前を教えて下さいませんか？」

「侘助だよ」

「侘助さん。いいお名前です」

弁之助は満足そうに頷いた。

「どうです侘助さん。あの夜、豆腐屋さんに頂いたお豆腐は美味しかったですか？」

「うん、とっても旨かったよ。俺は豆腐が大好きなんだ」

豆腐小僧と呼ばれた男・侘助はにっこりと笑った。

「弁之助よ、天晴である。よくぞこれなる証人を見つけたものだ」

奉行が感嘆の顔で、何度も頷いた。

「心証だけでは幸助を追い込めぬこと、その方もとうに承知だったのだな」

「はい。幸助さんが真の犯人であることは間違いありませんが、どうしても動かぬ証拠を摑むことができませんでした。しかし、絶対的な証人がいる可能性を、ある女の人が教えてくれたのです」

　そして弁之助は、大砂利の方に向かって叫んだ。

「お凜さん、随分とお待たせしました、どうぞ入ってきて下さい！」

　べん、という低くて太い、肚(はら)に響くような弦の音色(ねいろ)が、白洲に響き渡った。そして妻折笠(つまおりがさ)を被った一人の女が、ゆったりとした調子の曲を奏でながら、婉然(えんぜん)たる微笑みを浮かべて白洲に入ってきた。歳(とし)の頃は二十五、六。松坂木綿(まつさかもめん)の派手な縞物(しまもの)、一本独鈷(いっぽんどっこ)の帯、日和下駄(ひよりげた)。弾いているのは三味線ではなく四弦の太棹(ふとざお)。玉章(たまずさ)のお凜だ。

　短い曲の最後の音が鳴り終わったところで、弁之助が奉行を見た。

「女太夫、玉章のお凜さんです。この人が侘助さんを見つけてくれました」

「凜と申します」

　お凜は妻折笠を脱ぐと、四弦と一緒に小脇に抱え、奉行に向かってにっこりと微笑んだ。

「神田鎌倉河岸あたりを流してます。どうぞご贔屓に」
幸助の犯行であることまでは推定できたが、決定的な証拠に欠けていたこの事件。どうすれば幸助の犯行を証明し、忠吉の濡れ衣を晴らすことができるのか。そう悩んでいた時、弁之助は煮売酒屋で会った女太夫・玉章のお凜から聞いた、酔客の間で囁かれている奇妙な噂話を思い出した。

——黒川屋が燃えた朝、まだ暗い時分に、あのあたりに妖怪が出たそうだ。明け方に近い夜。神田於玉ヶ池近くにある豆腐屋に、網代笠を被り、頭が異常に大きく、嫌な臭いのする妖怪が出て、「豆腐をくれ」とねだった。豆腐屋が恐れて紅葉豆腐一丁を差し出すと、嬉しそうに小さな盆に載せて帰っていった。同じ頃、そのあたりを歩いていた夜鷹蕎麦の屋台が、やはり笠を被り、紅葉豆腐を盆に載せた、頭の大きな臭い者とすれ違った。これがその妖怪に違いない——。

弁之助はこの話を聞いた時、勝手にこの妖怪を豆腐小僧または大頭小僧と名付けた。

もしかすると豆腐小僧が現れたのは、丁度幸助が井戸に仕掛けを施している真っ最中ではなかっただろうか。

もしかすると――。弁之助は考えた。

豆腐小僧は、この時、幸助を見たのではないか？　明け方に近い夜であれば、まさに黒川屋の前の通りだ。

そして弁之助は、豆腐小僧とは妖怪などではなく、「物乞いをしている小屋者」ではないかと考えた。網代笠を被っているのは勧進の僧侶を模したからで、豆腐を載せた盆は、小銭を置いてもらうための盆ではないか？

弁之助は再び煮売酒屋の豊川屋へ行き、玉章のお凜がやってくるのを待ち、噂の豆腐小僧を、おそらくは小屋者の男を探してくれるよう頼んだ。蛇の道は蛇、小屋者同士なら探し出せるのではないかと考えたのだ。

「妙な姿の妖怪だと思ってましたけど、言われてみれば、確かにお仲間かもしれませんねえ。あたしの小屋にはいないので、いろんな人に聞いてみます」

そしてお凜は、川向こうの別の小屋にいる侘助という青年が、風体からしてそうではないかという話を聞き込んできたのだった。

弁之助がお凜と一緒に侘助に会いに行き、話を聞いてみると、やはりこの侘助が豆腐小僧だった。

弁之助が察した通りだった。侘助は物乞をする時、勧進の僧侶という体で拾った網代笠を被っていた。豆腐を載せた小さな盆は、小銭を載せてもらうための盆だった。豆腐屋に豆腐をもらった時、容れ物がなかったため、その盆に載せてもらったのだ。

侘助は頭にできものができ、無料で診てくれる小石川養生所に通っていた。膿が出るよう吸い出し膏薬を塗り、巻木綿をぐるぐる巻きにした。元々蓬髪で髪の毛が多いので、夜目には頭が異常に大きく見えた。できものの膿と膏薬が、鼻を突く腥い臭いを発していた。元々風呂嫌いで、着物もそう頻繁に洗わないせいもあるだろう。

侘助は黒川屋の中庭に入る直前、二人に姿を見られていた。豆腐をもらいに入った豆腐屋と、家に帰る途中の夜鷹蕎麦だ。弁之助はその二人も探し出し、豆腐小僧を見た日時を確かめた。これで侘助が幸助を見た日時が、正確に特定された。

「もう諦めなさい、幸助さん」

弁之助が幸助に言った。

「これでもうあなたは、疑わしき者などではありません。歴とした犯人です。あなたが井戸に火付の仕掛けを施すところを、この侘助さんが見ていたのですから」

幸助は俯いたまま無言だった。弁之助は続けた。

「忠吉さんは無実で、真の犯人は幸助さんだった。このお白洲での吟味の結果を評定所に上げ、最終的な裁決を仰ぐことになります。もはやいかなる言い逃れもできません。再び申し上げますが、刑が下されるまでの間、どうか心を入れ替え、悔い改め、人間らしい安らかな日々を――」

そう言いかけたところで、弁之助の言葉が止まった。

弁之助の耳に、くっくっくっくっ、という小さな声が聞こえてきたのだ。

その声は幸助の笑い声だった。声は次第に大きくなり、やがて白洲に響き渡るほどの哄笑(こうしょう)となった。

「わあっはっはっはっ！」

大声で笑い続ける幸助に、弁之助は怪訝な顔で眉を寄せた。

逃げられないとわかって自暴自棄になったのか、それとも、どうやっても極刑から逃れられないと悟り、恐怖で気が触れてしまったのか――。

怪しみながらも、弁之助は幸助に聞いた。

「幸助さん、どうしました？　何が可笑しいんです？」

「お奉行様！」

突然、幸助が立ち上がり、奉行に向かって叫んだ後、佗助を指差した。

「この、私を見たという者は小屋者にございます。人間ではございません！」

「何だって？」

驚く弁之助に構わず、幸助は続けた。

「小屋者とは、碌に読み書きもできず、ものも覚えられず、道理もわからず、物乞しかできない無能で愚かな者どもでございます。普段から、夢か現かの区別すら付いておりますまい。そのような虚気者が申すことなど、嘘かまことかも定かではなく、このお白洲で何の証にもなる筈がありません」

この酷い言葉に、ついに弁之助も怒りを露わにした。

「てめえ！　言わしておきゃあ、この人殺し野郎め！」

いきなり伝法な口調になった弁之助に、奉行が、それに裁許所と白洲にいる一同が絶句した。ただ、火盗改の南雲だけは、またかという顔だ。

「素直に罪を認めりゃあいいものを、二人も殺した欲深さを謝るどころか、弱い人たちを口汚ねえ言葉で悪し様に罵りやがって、この惚助の藤十郎の珍毛唐の寒頂来の芋っ掘りのすっとこどっこいめ！　人の心も人情の欠片もねえてめえこそ人間なんかじゃねえ、ただの丸太ん棒だ！　たとえお天道様が許したって、この俺が絶対に許さねえぞ！」

「弱い人たち、だって？」

幸助は薄ら笑いを浮かべ、さらに罵詈雑言を続けた。

「ふん。何度も言ってるだろう、小屋者は人でも人間でもない。そこらに転がっている木っ端や石ころと同じなんだ。木っ端や石ころが何かを見たからと言って、証人にはならないのと同じだよ。そうだろう？　私のどこが間違っていると言うんだ？　言ってみろ！」

幸助が吐き捨てるように言った、その時だった。

「あたしたちゃ、人間だよ！」

叫び声とともに、玉章のお凜が立ち上がり、幸助に向かって一歩進み出た。

そしてお凜は、持っていた妻折笠と四弦の棹を玉砂利の上に置くと、両腕を袖の中に潜らせ、いきなりぐいと諸肌を脱いだ。肩から胸の下まで白い肌が露わになり、美しい二つの乳房がぶるんと揺れた。

その激しい剣幕と、予想もしなかった行動に、裁許所と白洲にいた全員が息を呑み、気圧されてしんと静まり返った。

お凜は自分の髪から簪を抜き、逆手に握りしめると、その尖った切っ先を喉と左肩の間に当て、渾身の力を込めて、乳房の間を斜めにざっと引っ掻いた。真っ白い身体に引かれた斜めの線から、ぶわりと真っ赤な鮮血が噴き出し、白洲の真っ白な玉砂利の上にぼたぼたと滴った。

「お、お凜さん！　何をするんです！」

弁之助が叫んだ。

簪を握り締めたまま、お凜は幸助を睨み付け、そして叫んだ。

「見てみな！　あたしたちだってあんたと全く同じだよ！　木や石なんかじゃない、斬られりゃあ痛くてたまらないし、この通り身体の中には、あんたと同じ赤い血が流れてるんだ！　あたしたちとあんたとどこが違うっていうんだい？　どこも違わないよ！　人間なんだよ。あたしたちも、あんたと同じ人間なんだよ！」

目に涙を浮かべ、血を吐くような声で叫ぶお凜。

「そ、そうだ！」

白洲の隅にいた男が一歩前に出た。火盗改方同心・南雲慎之介の差口奉公、下っ引きの伊作だ。

「俺だって小屋者だ！　だけど、小屋者だって人間だ！　お奉行様と同じ人間だ！」

「い、伊作！　何と畏れ多いことを！　黙れ！」

慌てて叱責する南雲。

「構わぬ。捨て置け」

奉行・能勢頼一が南雲を制した。

「ははっ！」

その場に平伏する南雲。

「お凜さん、もういい。痛かったでしょう」

泣き崩れたお凜に、弁之助は自分の羽織を脱いで掛け、奉行に願い出た。

「お奉行様。高橋玄秀先生を呼びたいのですが。治療の場所もお借りしたく」

「うむ、相判った」

奉行は頷くと、背後に向かって呼ばわった。

「誰か先ほどの医者を呼べ。それに怪我の治療のため、奉行所内に一室を設けよ」

駆け付けた奉行所の女中に連れられて、お凜が啜り泣きながら白洲を退出すると、ようやくざわめきが落ち着いてきた。弁之助は裁許所の奉行を見上げ、玉砂利の上に平伏した。その白い玉砂利にはまだ、お凜の真っ赤な鮮血が飛び散っている。

「如何でございましょう、お奉行様」

弁之助が静かに申し述べた。白洲の一同が弁之助に注目した。

「侘助という一人の人間が、黒川屋の中庭で、井戸に大爆ぜの仕掛けを施す幸助を、その目で見ておりました。これこそ、幸助が本件における真の犯人であるという、揺るぎない証でございます」

ついに弁之助は、幸助を呼び捨てにした。今まではまだ沙汰が下りていないという理由で、名前に敬称を付けて呼んでいたが、ついに我慢ならなくなったのだ。

奉行の能勢頼一は、裁許所から無言で弁之助を見下ろしている。

「私の申し上げることは、以上にございます」

弁之助は深々と頭を下げ、発言を終えた。

奉行・能勢頼一はしばらく瞑目した。

そしてようやく顔を上げ、白洲をぐるりと見回すと、声を発した。

「此れを以て吟味を終え、これより沙汰を申し渡す」

縄を打たれたまま頭を垂れる忠吉、玉砂利に両手を突く幸助、そして弁之助。

火盗改の南雲、その手下の伊作、それに警護の同心たちも一斉に平伏し、白洲がしんと静まり返った。

「漆問屋・黒川屋が元番頭、幸助」

奉行が幸助を見下ろした。

「その方、自らの賭博狂いが元にて借金を抱え、黒川屋が貯えし金子を着服、これを主人・喜兵衛が一人娘・花に知られ、中庭の井戸より湧く毒の気を用いて、これを殺害」

幸助がぎょっとした顔で、奉行を見上げた。

奉行は続けた。

「さらに黒川屋が全財産を我が物とするため、同じ井戸より湧く燃ゆる気を用いた仕掛けを弄し、店の厨子二階に火を放ちて、就寝中の喜兵衛を爆殺、黒川屋を全焼させしこと、豆腐小僧こと侘助なる人間の証言にて、然と証された」

「お奉行様――」

弁之助の顔が、みるみる明るくなった。北町奉行・能勢肥後守頼一は、豆腐小僧こと小屋者の侘助を「人間」と認め、侘助の言葉を証拠として採用したのだ。

「よって、獄門以上の刑が相当と判ずる由、評定所へと申し送り、老中及び三奉行の裁可に委ねるものとする。なお、本日初めて明らかとなりし、喜兵衛が一人娘・花の殺害の罪については、改めて奉行所にて詮議の上、証が立てばさらに加重とする」

「ご、獄門、以上――」

がっくりと幸助が頭を垂れた。獄門とは、市中引き廻しの上斬首、死体は試し斬り後、刎ねた首を獄門台に載せ、二晩三日の間見せしめとして晒す刑である。獄門以上ということは、評定所での審議で最終的にどういう刑が下されるにしても、死刑は絶対に免れないことを意味している。

この沙汰を聞き、弁之助は思わず目を瞑った。

自業自得とは言え、幸助を死に追いやることになったのは、他ならぬ弁之助自身だ。だからといって、己の行動を悔いる訳ではないが、この幸助とて、生まれたての赤ん坊の時から悪人だった訳ではあるまい。何かの理由により、平穏な普通の人生から足を踏み外してしまったのだ。

弁之助はこの暗黒道に堕ちてしまった男を、ただ心から憐れみ、悲しんだ。

俯いていた幸助が、急に顔を上げた。そして、自分の近くに蹲踞して控えていた警護役の同心の一人を見た。

「お役人様、どうぞお縄を」

そう言いながら幸助は、両の手首を合わせ、その同心に向かって突き出した。

ついに観念いたしたか――。裁許所から幸助を見下ろしていた、奉行・能勢頼一は大きく頷いた。これでよい。自らの罪の深さを思い知り、死を賜る日まで、残された時を慈しみながら、心穏やかに生きるが良い。

「うむ」

警護役の同心は立ち上がると、腰に吊るした捕縄を手にし、両手で引き解きながら幸助に近づいた。そして幸助の背後に回り、その身体に縄を回そうとした。

その時だった。

幸助の手がさっと同心の腰に伸び、差していた刀をずらりと引き抜いた。そしてそのまま幸助は、同心に向かって刀を振り下ろした。警護役ゆえいつでも刀を抜けるよう、同心は刀に柄袋は被せていなかった。

だが、流石は白洲の警護を任されるだけあって、同心は間一髪身体を投げ出し、玉砂利の上を転がって何とか刀を避けた。

刃が落ちた玉砂利から、きいん、という音とともに火花が散った。それを見て幸助は、ちっと舌打ちした。

其ノ十六　一件落着

「刀を奪われたぞ！」

「おのれ、此奴め！」

「出口を固めよ！」

「構わぬ、斬れ、斬れ！」

　刀を抜いて駆け寄ろうとした他の同心たちに向かって、幸助は大きい声でうおおおと叫びながら、刀を闇雲にぶんぶんと振り回した。その叫び声と凶気の形相と死ぬ気の覚悟に気圧され、同心たちはたまらず後退りした。

「てめえら、近寄るんじゃねえ！」

　幸助は血走った目で叫んだ。

「こう見えても俺はちょっとした悪でな、房州じゃ博打が元で人を斬り殺して江戸に逃げてきたんだ。今も芝西久保の道場でヤットウの腕を鍛えてるから、お前らみてえな人を斬ったこともねえ腰抜け役人なんぞに負けるもんか！　俺は獄門になんかならねえ、どこまでも逃げてやる！　死にたくなきゃあ道を開けろ、近寄ったらぶっ殺すぞ！」

芝西久保の道場とは、直心影流道場。かつての当主・長沼四郎左衛門が防具の面と籠手を改良、袋竹刀とともに門人に使用させて以降、武士のみならず多くの町人で盛況となっている。

「一同、退られよ！」

火盗改の南雲慎之介が立ち上がり、素早く出口を封じる位置に回り込むと、鋭い目で幸助を睨み付けた。

「貴様、逃げられると思うな。素直に獄門とならぬなら、今ここで素っ首刎ねてくれる」

そして南雲は左手で腰の刀を握り、右手で黒い柄袋の紐をするりと解いた。

「南雲様、抜いてはなりません！」

弁之助が右手を伸ばし、南雲を制止した。

「あなたが剣を抜けば、必ず幸助を斬り殺します。この者を殺してはいけません。生かして小塚原に送り、犯した罪に相当する罰を受けさせるのです。あなたも十手を預かる身であるならば、そうすべき事はおわかり頂ける筈」

「くっ――！」

刀の鍔に左手の親指を掛けたまま、南雲は躊躇した。弁之助が見抜いた通り、自分の剣は一撃必殺の江戸柳生殺人刀、斬り殺す以外の技は持ち合わせていない。

「では、どうしろと言うのだ？　このまま此奴を逃がすのか？」

南雲が叫ぶと、弁之助は南雲に向かって右手を差し出した。

「南雲様、そのお刀を私に」

「な、何だと？」

南雲は自分の耳を疑った。そしてその顔に、激しい怒りが浮かんだ。冗談ではない。刀は武士の魂、他人に貸せる訳がない。しかもいくら元は武士とは言え、町人の弁之助が南雲の大切な刀を貸せと言うとは、何と非常識で無礼な言動であろうか。

――だが。怒りながらも、南雲は必死に考えた。

おそらく弁之助には、刀があれば幸助を生きて捕らえる自信があるのだ。

もし自分が刀を渡さねば、幸助は自分が斬らずとも、奉行所の同心たちに斬り殺されるだろう。ようやく捕らえた悪人に、罰を下す前に死なれてしまっては、逃げられたも同然ではないか？　それにもしかすると同心たちの中には、幸助に斬られる者も出るかもしれない。いずれにせよ、この神聖なる白洲を血で汚す訳にはいかない――。

――いや違う。そうではない。南雲は心の中で首を振った。

俺はこの弁之助という男が何をするのか、それが見たいのだ。

俺が捕縛した咎人が無実であることを見抜き、一つの火事に隠された驚くべき真実を見事に解き明かして見せた、未だかつて出会ったことのないほどの、底知れぬ能力を持つ男だ。その弁之助に俺が刀を渡したら、一体何を見せてくれるのか、俺はそれが知りたくてたまらないのだ。

弁之助がまた叫んだ。

「早く！　逃してもいいのですか！」

ええい、儘よ――！

南雲は舌打ちすると肚を決め、腰に差した打刀を鞘ごとえいと引き抜き、弁之助に向かって放り投げた。

「弁之助、必ず生きて捕らえねば許さんぞ！」

弁之助はそれを右手ではっしと受け取ると、くるりと回しながら左腰の帯に差し、左手で鯉口を切るや否や、すらりと一瞬で抜いた。

「見事な丁字乱れ、いい刀です」

刀身を走る刃紋を見てにっこりと笑う弁之助。そこへ、いきなり幸助が袈裟懸けに斬りかかった。

「野郎、死ねえっ！」

弁之助はその剣先を見切り、ひらりと背後へ一歩退いてよけると、抜き身の刀を右手一本で持ち、だらりと身体の脇に提げ、幸助に相対した。どこにも力が入っているように見えない、構えとも言えないような緩い構え――。

それを見た奉行、与力、それに同心たちは大いに落胆した。正眼に構えるでもなく、さりとて上段でも下段でも、八相でも脇構でもない、このだらしない適当な構え。どう見ても弁之助は剣の素人だ。最初の一撃をよけたのは偶然で、すぐに斬り殺されるに違いない。弁之助を見ている全員がそう思った。

しかしただ一人、火盗改同心の南雲慎之介だけが顔色を変えた。

「ま、まさか、あの構えは」

弁之助の姿を見ながら、南雲が思わず呟いた。

「二天、一流――」

二天一流とは、今から百年前に九州・熊本で生涯を終えた無敗の剣豪・宮本武蔵が、最後にたどり着いた究極の兵法である。二天とは武蔵の号で、その武蔵だけが到達した兵法という意味で二天一流。弁之助が第四代熊本藩主・細川宣紀の庶子であることは南雲も知っていたが、まさか二天一流の遣い手であるとは知らなかった。

――いや。南雲は己の迂闊さを恥じた。俺としたことが、今まで気付かなかった。意図したものか、それとも偶然か、この男が町人になる時に選んだ弁之助という名は、宮本武蔵の幼名ではないか。

弁之助がちらりと南雲を見て頷いた。

「如何にも、二天一流とは二刀流に非ず。一刀、二刀、槍術、棒術、實手術、柔術等々、あらゆる武術を経たのちに武蔵が到達せし、構え有りて構え無しの融通無碍なる片手剣、それが二天一流にて候」

弁之助は武士言葉で答えた。つい先ほど、江戸っ子のべらんめえ調で啖呵を切った男と同じ人物とは思えない。

弁之助が語った通り、二天一流の本質は片手剣。同じく片手で剣を扱う西洋剣術にも通じる、自由闊達で高速な剣。空いた左手に小太刀を持てば、即ち二刀流である。

「ごちゃごちゃ煩せえ、死にやがれっ！」

幸助が白洲を弁之助に向かって走り、ぶんと斜めに刀を振り下ろした。弁之助はすっと身体を傾け、その刃をぎりぎりでくぐってかわした。

「この野郎っ！」

幸助はまた刀を振りかぶると、今度は真正面から真っ向唐竹割りに斬り込んだ。だが弁之助はさっと左に大きく体を開き、またしても幸助の刀は空を斬った。剣先が白洲の玉砂利を叩き、ぎいんと大きな音をたてた。

くそ、落ち着け――。

幸助は早くも息を荒くしながら、刀を両手で握り締めたまま必死に考えた。

三回空振りしただけで息が切れた。それほどに刀は重い。そもそも刀とは、両手で振るようにできている。刀の重さは拵えも入れてほぼ二斤、大太刀になれば酒一升分ほどもある。柄の長さも一尺ほどあり、両手で握ることを前提とした長さだ。

その刀を、二天だか三天だか知らないが、あの男は片手でぶら下げている。あれでは到底、重い刀を素速く扱えるものではない。

ならば刀を振る速さでは、両手で持っている俺のほうが勝る。

あの男、妙にすばしっこくてよけるのだけは上手いが、よけているだけでは俺は斬れない。あの男もいつかは刀を振ってくる。俺に斬りかかろうとした瞬間を狙えば、必ず俺のほうが先に斬ることができる。

よし、勝った――。幸助はにやりと笑みを浮かべた。

そして幸助は刀をゆっくりと頭上に振りかぶると、じりじりと弁之助ににじり寄った。さあ、斬りかかってこい。返り討ちにしてやる――。だが、弁之助に動く様子はない。相変わらず右手に刀をぶら下げ、じっと幸助を見ている。

さらに幸助は大きく一歩踏み出した。互いの刀が届く間合いに入った。その瞬間、刀を持った弁之助の右手が、ぴくりと動いた。

――今だ！

「うりゃあああっ！」

大きな声とともに、幸助は弁之助の頭を狙って真正面から刀を振り下ろした。

――と、その幸助の刀が途中で止まった。

「幸助、刀を捨てよ」

弁之助が落ち着いた声で言った。

「お前はもう、命を落としている」

いつの間にか弁之助の刀の切先が、幸助の喉の一寸前にぴたりと向けられていた。弁之助は幸助を殺そうと思えば、既に殺せた。だが、殺さなかったのだ。

「馬鹿な——」

幸助のこめかみから脂汗が流れた。

なぜだ？　なぜ両手で刀を持った俺より早く、右手一本で重い刀を持ち上げ、俺より早く、俺の喉に切先を突きつけることができた？

切先返し——。

これこそが二天一流の極意にして、幸助の疑問への答えである。

通常の剣法では、柄を握った右手を支点にして、左手を押すことで刀を振り上げ、逆に左手支点で右手を押して振り下ろす。つまり梃子の作用で刀を振る。そして遠心力で刀を前に出し、相手を斬る。

しかし二天一流では、梃子も遠心力も一切使用しない。刀身の途中にある一点を中心に刀全体を回転させることで、重い刀を自在に扱うのだ。

具体的には、柄を押せばその一点を中心に刀は回転し、切先がすいと上がる。

この力を利用して刀を振りかぶる。その状態から柄を引けば、刀は逆に回転して切先がすっと前に出る。この動きで刀を前に振り下ろし、相手を斬る。力はほとんど必要なく、両手を使って梃子の作用で振るよりも、遥かに高速で刀を振ることができる。

「幸助。刀を捨て、神妙にお縄を頂戴せよ」

弁之助の言葉に、幸助はまたにやりと笑った。

こいつめ、俺を斬る気はないようだ。斬るなら、さっきの一太刀で俺の喉を掻き切っている筈だ。俺を生かして捕らえ、縄を打つつもりなのだ。

馬鹿め、その余裕がてめえの命取りだ。

「死ね！」

幸助が弁之助の頭目がけ、渾身の力で刀を振り下ろそうとした。

しかし次の瞬間、その刀は幸助の両手を離れ、ふわりと宙を舞った。

「な、何だと？」

弁之助の刀が幸助の刀に蛇のように巻き付き、絡め取って撥(は)ね上げたのだ。

幸助が刀を見上げた瞬間、弁之助はずいと幸助の懐に入り込み、幸助の胸を左手の掌底(しょうてい)で、とん、と軽く突いた。幸助は体勢を崩され、白洲の玉砂利の上に尻餅を搗いた。幸助の刀が、弁之助の背後の玉砂利にがちゃんと落ちた。

弁之助は右手の刀をだらりと下げたまま、幸助を憐憫の目で見た。

「観念せよ。もう逃げ道はない」

そして、起き上がろうともがく幸助の首に向かって、弁之助は右真横からひゅんと刀を振るった。

幸助は転んだまま、自分の喉に向かって左方向から一直線に襲いかかる刀を見た。

それは非常な高速で向かってきている筈なのに、なぜかゆっくりと見えた。かわそうとしても身体が動かない。どうやってもよけられない。

そうか、俺はここで死ぬのか――。

幸助は己の最期を悟った。そして全てを諦め、ふっと全身の力を抜いた。なぜかその時、幸助の顔には緩んだ笑みが浮かんだ。

ちゅん、という音とともに、何かがふわっと宙に飛んだ。

それは幸助の首ではなく、また噴出する血でもなかった。その後、ぽとりと白洲の玉砂利に落ちたそれは、まるで黒い茸のような形をしていた。

弁之助が切り落としたものは、幸助の髷だった。元結の下の髪も一緒に切り落としたため、まるで茸をひっくり返したような姿になったのだ。一瞬遅れて、幸助の髪がばらりを解け落ちた。幸助はまるで、晒し首のようなざんばら頭になった。

しばらく茫然としていた幸助は、ゆっくりと周囲を見回し、そして死んだと思った自分が生きていることを知った。だが、既に暴れる気力は完全に失せていた。自分は今、確かに死んだ――。その死の実感が、幸助からいつまでも消えなかった。言わば幸助は、弁之助の剣に「心を斬られた」のだ。

白洲に座り込んだまま虚脱している幸助を見て、弁之助は刀に付いた血を払うかのようにくるりと回すと、ちん、と鍔を鳴らして刀を鞘に収めた。そして鞘ごと刀を抜き、南雲に歩み寄ると、両手で捧げ持って差し出した。

「南雲様、ありがとうございました。お返しいたします」

「う、うむ」

その声で南雲は我に返ると、右手で刀を受け取り、そそくさと自分の腰に戻した。

「弁之助よ、見事であった！」

奉行・能勢頼一が叫んだ。そして警護役の同心たちに大声で命じた。

「者ども、此れなる極悪人に縄を打て！」

「ははっ！」

同心数名が駆け寄って幸助を取り押さえ、たちまち捕縄で後ろ手に縛り上げた。幸助の手を離れた刀は、元の持ち主の同心に戻された。

そして同心たちは、全身の力が抜けて歩けない幸助を、両脇から持ち上げるようにして無理矢理に立たせ、そのまま白洲から連れ出していった。

奉行が裁許所から、縛られている忠吉を見下ろした。

「黒川屋が元手代・忠吉、咎の一切を取り消し無罪放免とする。縄を解け！」

同心の一人が忠吉の背後へ回り、縄を解いた。

忠吉は自由になった両手を擦り合わせ、思わず涙した。

「お奉行様、ありがとうございます、ありがとうございます！」

忠吉は感激のあまり、白洲に敷かれた筵に額を擦り付けた。

「忠吉よ。咎無きにも拘わらず、詮議にて拷問を加え、虚偽の言質を取りて、危うく死罪に処せんとせしこと、我らが明らかな落度（おちど）である。どうか許せ」

裁許所の奉行が、忠吉に深々と頭を下げた。

「勿体（もったい）のうございます、お奉行様」

忠吉は感極まって啜り泣き始めた。

「そして、火盗改同心・南雲」

白洲右側に控えた南雲を、奉行が睨み付けた。

「杜撰（ずさん）なる詮議と理不尽なる拷問にて、無実の者を罪に陥れしこと、ただでは済まされぬぞ。追って先手頭（さきてがしら）より沙汰があろう。覚悟は良いか」

「如何（いか）なる御沙汰も、受ける所存にございます」

平伏し、唇を噛む南雲。

「お奉行様、お待ち下さい」

そこに弁之助が割って入った。

「御畏れながら、詮議とはしばしば誤った道へと迷い込むもの。それをのちに正す仕組みがないことが問題なのでございます。南雲様は、行き過ぎはあったものの、ただ火盗改方の使命に忠実に、世の正義を守るため、全力で犯人を挙げようとしただけ。どうか此度（こたび）は、お慈悲をもってご寛恕（かんじょ）下さいますよう、お奉行様より先手頭様にお伝え頂けませんか」

「べ、弁之助――？」

南雲は驚きの目で弁之助を見た。

「弁之助よ。その方、罪人を庇(かば)うのみならず、敵(かたき)であった火盗改まで庇うか」

奉行の能勢頼一が愉快そうに笑った。

「よかろう。此度は弁之助に免じ、咎め無しとするよう申し送る」

そして奉行は南雲を見た。

「南雲、以後は道理を踏み外さぬよう任務に励め。下がってよい」

「ははっ！」

南雲は平伏し、奉行に深々と頭を下げたのちに立ち上がった。そして弁之助をちらりと振り返ると、南雲は悔しそうな顔のまま白洲を出ていった。去っていく火盗改同心・南雲慎之介の、烏(からす)のように真っ黒な後ろ姿を見送りながら、弁之助はふと考えた。

そう言えば烏もまた、神使(しんし)の動物の一つだったな――。

南雲とも、これから長い付き合いになるのかも知れなかった。

「此れにて、一件落着とする」

奉行・能勢肥後守頼一の声が白洲に響いた。

「以上にて、吟味は全て終了である。一同、退出！」

吟味方与力が大声で告げた。

白洲にいた全員が一斉に深々と平伏し、それから立ち上がって退出を始めた。控えの土間である大砂利にいた証人の人々、即ち火消の長次郎、読売の辰三、そして豆腐小僧こと侘助も、立ち上がって奉行所の出口へと向かう。玉章のお凜の姿はないが、既に奉行所のどこかで、高橋玄秀の治療を受けているのだろう。

やれやれ、終わった――。

弁之助は、ふうう、と大きく安堵の息を吐いた。同時に弁之助は、経験したことのない疲労感にどっと襲われ、その一方で、無実の忠吉と法の公正を守り通すことができたことに、心地よい爽快感を感じていた。

人を庇うとは何と大変なことであるか、実際に白洲に出るまではわからなかった。ただ事実を明らかにして述べれば済むと思っていたが、その述べる順番もあり、相手との駆け引きもあり、時にはその場の皆を驚かすための、はったりや外連(けれん)も必要と感じた。

そう、それにまだまだ法と吟味控の知識が心許(こころもと)ない。もう一度勉強せねばならない。長屋に戻ったら、行李に隠している公事方御定書の写本を読み返さねば——。

そして、ふと弁之助が気が付くと、白洲には誰もいなくなっていた。警護の同心たちを除けば残っているのは弁之助だけだ。弁之助も、慌てて立ち上がろうとした。

「待て、弁之助」

北町奉行・能勢肥後守頼一の声が飛んだ。吟味を終えて一度奥へ消えた後、再び裁許所に現れたのだ。周囲に与力たちの姿はない。

「は、はい。何でしょう?」

慌てて座り直す弁之助。

「此度の吟味における真相の解明、まことに見事であった。その方がおらねば、身共も無実の者を死罪と断じたやも知れぬ。改めて礼を言う」

「め、滅相もねえ！　じゃなくて、汗顔の至りにございます」

畏まる弁之助。

「その方、すっかり町人になったように思えるが、しかし未だ武士でもあるな」

　奉行が楽しそうに笑う。

「弁之助。これからも、吟味にて罪人を庇うつもりか？」

「はい、そうできればと思っております」

　真顔で頷く弁之助。

「侍だった時、今は大目付となられた石河政朝様とともに、公事方御定書の編纂に携わる栄を得ましたが、此度の一件を見ましても、それを活かすも殺すも吟味の場での運用であろうかと存じます。大御所・徳川吉宗公の御意思が正しく世に広まるよう、微力ながら尽力したいと考えております」

「それは天晴じゃ。――だが、ふむ」

　考え込む奉行。

「罪人を庇うを生業とするは良いが、如何にして生計を立てるつもりだ？」

「え？　はい、え、ええっと――」

　生計のことは、弁之助は何も考えてなかった。そう言えば、忠吉を匿った時の長屋の店賃も、天狗の辰三に越後と房州へ行ってもらった旅費も、自分が払ったのだった。熊本藩江戸詰家老の玄臼三太夫にもらった金で賄ったが、完全な持ち出しだ。いつまでも続けられるものでもない。

「では、斯くなる手は如何か？」

奉行が身を乗り出し、弁之助に聞いた。

「実は此度、身共が独断にて、冤罪で捕らえ危うく火罪に処せんとした詫びとして、奉行所より忠吉に金五十両を遣わすこととした」

「それはよいお考えです！　流石は下々の味方、『庇護』の守」

喜びのあまり、八五郎直伝の駄洒落を口走る弁之助。だが奉行は、官位の肥後守に掛けた弁之助の洒落に、全く気が付かなかった。

「その分一である五両を、その方が吟味における報奨として、忠吉より支払わせるは如何？」

そうなると弁之助は、五両をもらえることになる。

「お奉行様、私の巾着の中まで気にして頂き、恐悦至極にございます」

恐縮して深々と頭を下げる弁之助。

忠吉から金を取るのは如何かとも思うが、かと言って、奉行所からもらう筋のものでもないような気がする。やはり、助けを請うてきた者から頂くのが、最も収まりがいいのかもしれない。依頼人の懐具合によっては、奉行所に所望すればいい。今回も元は奉行所から出た金だ。

「では忠吉に、五両を庇い代として弁之助に渡すよう伝えおく」

満足げに頷いた後、奉行はさらに弁之助に聞く。

「此度のその方の働きであるが、金の諍いである出入筋であれば、出入師や公事師と呼ばれる助け役がいる。しかし、盗みや殺人の如き吟味筋においては、これまでその方の如き働きをする者はいなかった。この、過去に例なき役目、名付けたほうが以後の通りも良かろう。如何致す？」

「そうですねえ——」

考え込む弁之助。

出入師や公事師という言い方に倣えば、吟味師ということになるのかもしれないが、何だか偉そうな響きがある。特に師という字がおこがましい。師の字源は軍隊であり、人助けの仕事に相応しくない気もする。金のない人でも気軽に相談できるような、呼びやすい平易な言葉がいいのだが——。

「申し訳ございません。今は思い付きませんので、じっくり考えてみたいと思います」

「うむ。愉しみにしておる」

奉行は頷いて立ち上がり、裁許所から白洲の弁之助を見下ろした。

「然(しか)らば、此度は大儀(たいぎ)であった」

そして奉行・能勢頼一はにっこりと笑い、こう言った。

「また白洲で会おうぞ、弁之助」

「はい、またお目にかかります」

弁之助は両手を白洲の玉砂利に突き、深々と頭を下げた。

北町奉行・能勢肥後守頼一はくるりと踵(きびす)を返した。

そして誰もいなくなった裁許所を、白洲に背を向けて、満足そうな足取りで出ていった。

終幕ノ一　明暦の大火

北町奉行所での吟味が終わってしばらく経った、師走二十八日――。

「おおい万さん。借りた本を持ってきたよ」

弁之助が風呂敷包みを背負ってきたのは、日本橋室町にある馴染みの書物屋・長崎書海。貸本にしてもらった『日本書紀』全三十巻を返しにきたのだ。

「これはこれは貴田様、いえ、弁之助様」

店主の万右衛門が、にこやかに出てきた。

「お戻しは、年明けのご都合のよろしい時にでもと申しましたのに、年の瀬にわざわざ申し訳ありません。重かったでしょう？」

「ちょっと重かったな。何しろ三十巻もあったからね」

肩を揉みながら苦笑する弁之助。

「いかがでございました？　お役に立てましたでしょうか？」

「ああ。この『日本書紀』のお陰で、人一人の命が救われたよ」

「人の命が？」

万右衛門は目を丸くした後、すぐににっこりと笑った。

「よくわかりませんが、それはよろしゅうございました」

「で、貸本代はいくらだっけ？」

弁之助が聞くと、万右衛門が首を横に振った。

「此の度は結構でございます」

「そうはいかないよ。入金の予定もあるんだ、遠慮なく取ってくれ」

「いいえ。人助けに使われたのでしたら、私にも片棒を担がせて下さいませ」

そう言って微笑む万右衛門に、弁之助はすまないねと有り難く言葉に甘え、『日本書紀』全三十巻を返した。

「じゃあ、お礼代わりと言っては何だけど、面白い話を聞かせてあげようか？」

そう言うと弁之助は手に持った包みを持ち上げて見せた。

「実は途中、菓子屋の大久保主水で、評判の蒸羊羹を買ってきたんだ」

蒸羊羹とは、餡に小麦粉と葛粉を加えて蒸した、ほんのり甘い菓子だ。

甘いものは頭の養分になるから、というのは自分に対する言い訳で、弁之助は酒も好きだが、菓子や水菓子、甘味に目がないのだ。町人になった理由の一つに、いつでも甘いものの食べ歩きができるというのもあったくらいだ。

ちなみに、弁之助が蒸羊羹を買った菓子店の創業者・大久保主水は、百年以上も前の菓子職人で、なぜか江戸の上水井戸の整備に尽力した人物として知られている。

「それはもう、是非にお聞かせ下さい。では、取って置きのお茶を淹れましょう」

万右衛門は嬉しそうに、店の奥へ引っ込んだ。

蒸羊羹を一口齧り、うん、これは甘くて旨いと満足そうに頷き、熱い茶を啜ってから、弁之助は話を始めた。

「昔、『明暦の大火』って火事があっただろう？　百年近く前に起きて、江戸の大半を焼き尽くした、それはもう大変な大火だ」

「はい。存じております。振袖火事とも呼ばれた、あの有名な大火ですね」

万右衛門が頷く。

どうしてこの大火が起きたのか、原因は一切不明。しかも、離れた三ヵ所で次々と火の手が上がったことはわかっているが、その理由も不明。それゆえ、振袖が飛びながら火を着けて回ったという伝承まで生まれることになった、史上最悪にして謎だらけの大火。

「その謎が、全部解けたんだ」

「本当ですか？」

目を丸くする万右衛門。

「百年も前から誰にも解けない謎ですよ？　それが解けたと仰るんですか？」

「私が考えるに、『燃ゆる気』が原因だったんだ」

「も、燃ゆる気？　――って、何でございますか？」

困惑する万右衛門に、弁之助は燃ゆる気について説明した。

「はあ。そのような不思議なものが、越後や房州や、この江戸の地下にも溜まっているのですか」

「そうなんだ。そして明暦の大火が起きたのは明暦三年だが、その直前に、江戸に上水道網（じょうすいどうもう）が完成している」

「はい、玉川上水ですね。たまたま大火の前に、江戸に沢山の井戸ができましたので、消火にも大いに使われたことでしょう。水道ができてなければ、火事の被害はさらに大きかったかもしれません」

すると弁之助が首を横に振った。

「私は、たまたまじゃないと思うんだ」

「え？　どういうことです？」

明暦の大火の三年前、即ち承応三年（一六五四年）——。

羽村から江戸まで、水路で水を引く玉川上水が完成し、これを利用して江戸には数百の上水井戸と消火用井戸が作られることになった。このため江戸中の地面が掘り返され、そこに石樋(せきひ)と木樋(もくひ)、それに井戸桶が埋められた。さらに並行して、黒川屋にもあったが、深さ百尺以上の掘り抜き井戸も沢山掘られた。

「そして江戸の地下には、房州から続く『燃ゆる気溜まり』が広がっている。大抵は地下深くにあるようだけど、越後の黒川や房州の大多喜では地べたに湧き出ているように、浅いところにある燃ゆる気溜まりが、江戸にもあった筈だ」

「近くの房州にあるのなら、江戸にあっても不思議ではありませんね」

万右衛門が納得した。

「また、玉川上水完成の五年前には、関東一体を『慶安(けいあん)の大地震(おおじしん)』という大きな地震が襲った。川越と川崎が特に揺れたようだが、江戸でも町家七百軒が倒壊し、江戸城も壊れたほどの大きな揺れだった」

「はあ、そんなに大きい地震が」

「この大地震で、江戸の地下ではあちこちに、大きなずれやひび割れができていただろう。それに加えて、以後数十年間、何度も大きな余震が江戸を襲った筈だ」

「――ええと、つまり、こういうことでしょうか」

思案しながら、万右衛門がゆっくりと言った。

「大地震で地下深くまでひび割れが入った江戸で、上水道工事で無数の井戸が掘られ、さらに余震も度々起きているうちに、ある日、江戸のあちこちにあった浅い燃ゆる気溜まりから、井戸を通じて燃ゆる気が漏れ出した。これに次々と火が着いたため、明暦の大火は未曾有（みぞう）の大火事となった――」

これが百年近くの間、誰にもわからなかった「明暦の大火」の真相――。

「御名答（ごめいとう）だ、万さん」

にっこり笑う弁之助。

「それに明暦の大火は、本郷・小石川・麴町の三ヵ所で順次出火している。この場所なんだが、本郷と小石川は江戸城の北、麴町は西にあたる。江戸城より東側はほぼ埋立地だけど、火元の三ヵ所はどこも埋立地じゃない。だからそれらの土地の燃ゆる気溜まりは、埋立地よりも地下の浅いところにあったんじゃないだろうか」

本郷、小石川、麴町はいずれも土を厚く被せた土地ではないから、燃ゆる気溜まりが浅かった可能性がある。だから、地震によってこれらの場所から燃ゆる気が漏れ出し、民家の煮炊きや寺社の護摩焚きの火などが着いて、火元となったのではないか？

明暦の大火がなかなか鎮火できず、江戸の市街の六割を焼き尽くし、三万とも十万とも言われる多数が焼死する史上最悪の大火となったのも、地下から燃ゆる気が燃料としてどんどん補給され、激しく燃え続けたせいではないか——？　そう弁之助は推測したのだ。

「そうだ。昔から井戸を埋める時は、『息抜き』という行事をやることになってるね？」

弁之助が唐突に、万右衛門に聞いた。

「はい。なぜかそういう習慣がございますね」

万右衛門も頷いた。

井戸の息抜きとは、井戸を埋めることになった時、井戸の底に節を抜いた竹筒を差して通す行為のことだ。井戸の神様が井戸の外に抜け出られるように、神様が呼吸できるように、などと説明される不思議な行事で、また息抜きの後、埋めた井戸の真上には、新しく家を建ててはならないとも言われている。

「この息抜きも、実は井戸の底から燃ゆる気を抜くための、言い伝えなんじゃないだろうか？　地中深くまで掘る掘り抜き井戸は、小さな燃ゆる気溜まりに達していることもあった。だから燃ゆる気を抜くために、息抜きという行事を定めた。そう思えるんだ」

「はあ――」

万右衛門は感心したが、さらに弁之助の話は続く。

「それに、江戸には一時期六つの水道、六上水が掘られたんだが、そのうち四つは後になって廃止されている。その理由が、何とも奇妙なんだ」

六上水とは神田上水、玉川上水、本所上水、青山上水、三田上水、千川上水の六つだが、このうち後にできた本所・青山・三田・千川の四上水は、享保七年（一七二二年）に廃止された。

この四上水の廃止理由には諸説あるが、最も有力なのは、幕府儒官・室鳩巣（むろきゅうそう）による献策の結果という説だ。鳩巣は徳川吉宗の「享保の改革」を補佐した儒学者だが、鳩巣の意見書を集成した『献可録(けんかろく)』の中に、このような進言が記録されている。

江戸の風は、明暦の頃までは重々しかった。しかし、地中に水道管が張り巡らされ、地脈が分断された昨今、風が軽くなって火災を誘発している。火災予防のためには、水道を廃止すべし——。

「つまり鳩巣さんは、『水道は火事を呼ぶ、だから廃止すべきだ』と言ったんだ」

蒸羊羹の残りを口に放り込み、弁之助は続けた。

「井戸があるから火事になるなんて理屈に合わない。むしろ井戸は火事に備えて必要だろう？　それに『明暦の頃まで』や『風が軽くなって』って言い方も気になるんだ。もしかすると鳩巣さんは、上水井戸には燃ゆる気が出てるところがあるってことに、うすうす勘付いていたんじゃないだろうか？　——それに加えて」

「まだ他にも、わかったことが？」

あきれる万右衛門。

「振袖火事の伝承が生まれた理由なんだ」

振袖火事という言葉は、明暦の大火の原因が不明なことから生まれた俗説に由来している。なぜ火事が起きたのか、なぜ三ヵ所で次々と出火したのか。それは、恋煩いで死んだ娘の無念が籠った振袖を燃やしたら、その振袖が燃えながら空中に舞い上がり、江戸のあちこちに火を広げていった、という荒唐無稽な話なのだが。

「今回の黒川屋の火事でも、死んだ娘の振袖が屋根の上を舞っているのを、幾人もが目にしている。それは空気より軽い燃ゆる気を振袖がはらみ、火事の熱でさらに軽くなったからだったが、もしかすると明暦の大火の時も、江戸のどこかで同じことが起きたんじゃないだろうか？　つまり、本当に振袖が飛んだかもしれないんだ」

その、燃ゆる気をはらんで燃えながら飛ぶ振袖を見た誰かが、大火になった原因は、振袖が空を飛んであちこちに火を着けて回ったからだと言い出し、その噂を読売が絵双紙に描いて、話は江戸中に広がり、ついには芝居や講談、義太夫の演目になった――。

「はあ――」

弁之助の謎解きに感嘆し、放心する万右衛門。

「まさか百年も前に起きた大火の謎を、全部綺麗に解いてしまわれるとは」

「いやまあ、そんなこともあったかもしれない、って妄想だがね」

そう言って弁之助は頭を掻いた。

この燃ゆる気溜まりによる災難は、これからもこの江戸の街で起こるだろう――。万右衛門と語り合いながら、弁之助はそう考えていた。いや、遠い将来にはこの江戸という街も、違う名前になっているかもしれないが。

浅いところにある燃ゆる気は、明暦の大火などでかなり放出されたかもしれない。しかし、例えば二百年後三百年後といった遠い将来、この街が拡大を続け、穴を掘ったり家を建てたりの技術がもっと進めば、より深くにある燃ゆる気溜まりに、突然到達することもあるだろう。

その時はどうか、不慮の大爆ぜや火事で不幸になる人が出ませんように――。

会うこともない、遠い将来に生きる人々のために、弁之助は祈った。

「じゃあ、万さん。お茶をご馳走（ちそう）さん」

ぬるくなった茶を一気に飲み干して、弁之助は立ち上がった。

「今年もお世話になったね。よい年を。来年もよろしく」

「はい。弁之助様もよいお年を。来年もどうぞよろしくお願いいたします」

万右衛門も立ち上がり、にっこりと微笑みながら、深々とお辞儀をした。

終幕ノ二　庇屋弁之助

明けて延享三年、元旦。

神田湯島横丁の長屋、徳右衛門店――。

「おお、昇ってきた、昇ってきた――」

弁之助は思わず嬉しそうな声を上げた。早朝の身も引き締まる冷たい空気の中、赤く染まった東の空に、黄色い太陽が昇り始めたのだ。

それをしばらく眩しそうに眺めた後、弁之助は初日に向かって二礼二拍一礼の神式拝礼を行った。お陰様で、無事新年を迎えることができました――。そんな気持ちを込めて、太陽に感謝の念を捧げたのだ。太陽とは天照大御神。この元旦、元日の朝もちゃんと岩屋から出てきて下さった。

思い返せば大変な年の瀬だった。しかし最後には全てが丸く納まった。これも天照大御神を始めとする八百万の神々のお導き。後で神田明神にも初詣に行こう。

火盗改で責めを受けた大工の八五郎は、あれから驚異的な快復を見せ、正月を何とか自宅で迎えることができた。まだ足腰の傷が治らず、外へ出ることはできないが、高橋玄秀先生が往診に来てくれている。八五郎にも忠吉と同じく奉行所から詫金が出たから、当座の生活とお医者の支払いに困ることはない。

その忠吉は濡れ衣が晴れた後、それまで匿ってくれた八五郎に正式に弟子入りした。元は鳶職だし、八五郎も筋がいいと言っていたから、立派な大工になるだろう。今はおかみさんのお春と一緒に、八五郎の面倒を見てくれている。八五郎が復帰すれば、その下で一所懸命働いてくれるだろう。近く、川越に住んでいる母親も呼び寄せるという。

忠吉と言えば、あの夜忠吉が入ってきた長屋の木戸は、住人一同で話し合った結果、今も壊れたままにしてある。無用心と言えば無用心だが、金に困った奴が泥棒に入ってきたら、皆で相談に乗ってやればいい、忠吉のように困った人がいたら、いつでも入ってこられるようにしておこう、これが長屋の住人の総意だった。

そろそろ正月の門付芸人がこの長屋にも回ってくる。去年まで武士だった弁之助は、門付を見るのは初めてだ。威勢のいい獅子舞、お福や恵比寿を連れてくる大黒舞、楽しく祝言を謡う萬歳や春駒などが来るらしい。特に猿曳は火除けの意味もあるから、忘れずに頼んでおこう。今年は火事のない年であってほしい。

　そうそう、女太夫の玉章のお凜も、十四、十五日の小正月になったら、笠を妻折笠から二つ折りの菅笠に替え、鳥追となって家々を回ると言っていた。胸の傷は綺麗に治っただろうか。高橋玄秀先生の治療だから大丈夫だろう。あの美しい声で唄う鳥追歌が聞けるのが、今から楽しみだ。

「――そうだ」

　突然、弁之助は思い出した。

「正月になったらやろうと思っていたことがあったんだった」

　弁之助は一旦家に引っ込むと、すぐにまた外に出てきて、外から戸口周りを見た。表の戸の上には小さな注連縄。昨年のうちに浅草の歳の市で買ったものだ。戸の両側の地面には、忠吉が作ってくれたささやかな松飾り。そして戸の横には「手跡指南」と書かれた木札が掛けられている。

　その木札の横に弁之助は金槌で釘を打ち、もう一枚の木札を掛けた。今年から新しく掲げる、新しい商売の看板だ。

「考えてみれば、私はきっと、庇になりたかったんだ」

長屋の軒先から出る庇を見上げながら、弁之助は呟いた。

庇という字は「庇う」という字と同じだ。漢字の成り立ちで言うと、广が建物の屋根、その下に人が二人、仲良く並んでる様を表している。

「人間生きていれば誰だって、思いもよらない土砂降りに遭って、心底困り果ててしまう時がある。でもそんな時、誰もがひょいと入れる庇があれば、ずぶ濡れにならずに済む。そんな庇みたいな人間に、私はずっとなりたいと思っていたんだ」

そして弁之助は、新しく掛けた木札を見上げて満足気に頷いた。

「だからこの名前は、我ながら言い得て妙、まさに我が意を得たりという奴だ」

真新しい木札には、こう書いてある。

庇屋弁之助

吟味相談萬　申受候　――。

一〇〇字書評

切り取り線

購買動機（新聞、雑誌名を記入するか、あるいは○をつけてください）	
□（　　　　　　　　　　）の広告を見て	
□（　　　　　　　　　　）の書評を見て	
□ 知人のすすめで	□ タイトルに惹かれて
□ カバーが良かったから	□ 内容が面白そうだから
□ 好きな作家だから	□ 好きな分野の本だから

・最近、最も感銘を受けた作品名をお書き下さい

・あなたのお好きな作家名をお書き下さい

・その他、ご要望がありましたらお書き下さい

住所	〒				
氏名		職業		年齢	
Eメール	※携帯には配信できません		新刊情報等のメール配信を 希望する・しない		

この本の感想を、編集部までお寄せいただけたらありがたく存じます。今後の企画の参考にさせていただきます。Eメールでも結構です。

いただいた「一〇〇字書評」は、新聞・雑誌等に紹介させていただくことがあります。その場合はお礼として特製図書カードを差し上げます。

前ページの原稿用紙に書評をお書きの上、切り取り、左記までお送り下さい。宛先の住所は不要です。

なお、ご記入いただいたお名前、ご住所等は、書評紹介の事前了解、謝礼のお届けのためだけに利用し、そのほかの目的のために利用することはありません。

〒一〇一―八七〇一
祥伝社文庫編集長　清水寿明
電話　〇三（三二六五）二〇八〇

祥伝社ホームページの「ブックレビュー」からも、書き込めます。

www.shodensha.co.jp/bookreview

祥伝社文庫

かばい屋弁之助吟味控

令和 6 年 6 月 20 日　初版第 1 刷発行

著　者　河合莞爾

発行者　辻　浩明

発行所　祥伝社

東京都千代田区神田神保町 3-3
〒 101-8701
電話　03（3265）2081（販売部）
電話　03（3265）2080（編集部）
電話　03（3265）3622（業務部）
www.shodensha.co.jp

印刷所　堀内印刷
製本所　ナショナル製本
カバーフォーマットデザイン　中原達治

Printed in Japan ©2024, Kanzi Kawai　ISBN978-4-396-35058-1 C0193

祥伝社文庫の好評既刊

河合莞爾
デビル・イン・ヘブン
カジノを管轄下に置く聖洲署に異動になった刑事・諏訪。カジノの闇に踏み込んだ時、巨大な敵が牙を剝く！

河合莞爾
スノウ・エンジェル
究極の違法薬物〈スノウ・エンジェル〉を抹消せよ。全てを捨てた元刑事が孤軍奮闘す！

河合莞爾
ジャンヌ Jeanne, the Bystander
なぜ彼女は人を殺せたのか——一人の刑事が殺人を犯した女性型ロボットとの逃避行の末に辿り着いた真実とは？

五十嵐佳子
読売屋お吉 甘味とぉんと帖
菓子屋の女中が、読売書きに転身！まっすぐに生きる江戸の〝女性記者〟を描いた、心温まる傑作時代小説。

五十嵐佳子
わすれ落雁 読売屋お吉甘味帖②
新人読売書きのお吉が出会ったのは、記憶を失くした少年。可憐な菓子を手掛かりに、親捜しを始めるが。

五十嵐佳子
かすていらのきれはし 読売屋お吉甘味帖③
新しい絵師見習いのおすみは、イマドキの問題児で……。後始末に奔走するお吉を、さらなる事件が襲う！

祥伝社文庫の好評既刊

今村翔吾
火喰鳥（ひくいどり）
羽州（うしゅう）ぼろ鳶（とび）組

かつて江戸随一と呼ばれた武家火消・源吾（げんご）。クセ者揃いの火消集団を率いて、昔の輝きを取り戻せるのか⁉

今村翔吾
夜哭烏（よなきがらす）
羽州ぼろ鳶（とび）組②

「これが娘の望む父の姿だ」火消としての矜持を全うしようとする姿に、きっと涙する。最も〝熱い〟時代小説！

今村翔吾
九紋龍（くもんりゅう）
羽州ぼろ鳶（とび）組③

最強の町火消とぼろ鳶組が激突⁉ 残虐な火付け盗賊を前に、火消は一丸となれるのか。興奮必至の第三弾！

今村翔吾
鬼煙管（おにきせる）
羽州ぼろ鳶（とび）組④

京都を未曾有の大混乱に陥れる火付犯の真の狙いと、それに立ち向かう男たちの熱き姿！

今村翔吾
菩薩花（ぼさつばな）
羽州ぼろ鳶（とび）組⑤

「大物喰いだ」諦めない火消たちの悪あがきが、不審な付け火と人攫いの真相を炙り出す。

今村翔吾
夢胡蝶（ゆめこちょう）
羽州ぼろ鳶（とび）組⑥

業火の中で花魁（おいらん）と交わした約束——。消さない火消の心を動かし、吉原で頻発する火付けに、ぼろ鳶組が挑む！

祥伝社文庫の好評既刊

小杉健治
札差殺し 風烈廻り与力・青柳剣一郎①

旗本の子女が自死する事件が続くなか、富商が殺された。頬に走る刀傷が疼くとき、剣一郎の剣が冴える！

小杉健治
火盗殺し 風烈廻り与力・青柳剣一郎②

江戸の町が業火に。火付け強盗を利用するさらなる悪党、利用される薄幸の人々のため、怒りの剣が吼える！

小杉健治
八丁堀殺し 風烈廻り与力・青柳剣一郎③

闇に悲鳴が轟く。剣一郎が駆けつけると、斬殺された同僚が。八丁堀を震撼させる与力殺しの幕開け……。

辻堂　魁
風の市兵衛

さすらいの渡り用人、唐木市兵衛。心中事件に隠されていた奸計とは？〝風の剣〟を振るう市兵衛に瞠目！

辻堂　魁
雷神 風の市兵衛②

豪商と名門大名の陰謀で、窮地に陥った内藤新宿の老舗。そこに〝算盤侍〟の唐木市兵衛が現われた。

辻堂　魁
帰り船 風の市兵衛③

舞台は日本橋小網町の醤油問屋「広国屋」。市兵衛は、店の番頭の背後にいる、古河藩の存在を掴むが――。

祥伝社文庫の好評既刊

岩室　忍
初代北町奉行　米津勘兵衛①
弦月の帥

家康直々に初代北町奉行に任じられた米津勘兵衛。江戸創成期を守り抜いた男を描く、かつてない衝撃の捕物帳。

岩室　忍
初代北町奉行　米津勘兵衛②
満月の奏

〝鬼勘〟と恐れられた米津勘兵衛とその配下が、命を懸けて悪を断つ！　本格犯科帳、第二弾。

岩室　忍
初代北町奉行　米津勘兵衛③
峰月の碑

激増する悪党を取り締まるべく、米津勘兵衛は〝鬼勘の目と耳〟となる者を集め始める。

神楽坂　淳
金四郎の妻ですが

大身旗本堀田家の一人娘けいが、嫁ぐように命じられた男は、なんと博打好きの遊び人――遠山金四郎だった！

神楽坂　淳
金四郎の妻ですが2

借金の請人になった遊び人金四郎。返済の鍵は天ぷらを流行らせること⁉　知恵を絞るけいと金四郎に迫る罠とは。

神楽坂　淳
金四郎の妻ですが3

「一月以内に女房と認められなければ、他の男との縁談を進める」父の宣言に、けいは……。夫婦（未満）の捕物帳。